맨 끝줄 관객

글 · 그림 분더비니

문학수첩

· CONTENTS ·

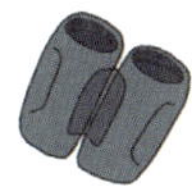

3장 · 새장과 하늘, 새는 어떤 걸 택할까?

4장 · 분더쉰, 뮤지컬!

연극·뮤지컬 덕후의
서울 지하철
세종문화회관
두산아트센터
정동극장
엘지아트센터
산울림소극장
디큐브아트센터

충무아트센터
극장
유니버설아트센터
서울숲씨어터
스퀘어
광림아트센터
샤롯데씨어터
GS아트센터
코엑스 아티움
백암아트홀
전당

프롤로그

누구도 내게 공연을 보라고 시킨 적은 없다. 그런데도 나는 매번 극장을 찾는다. 울고 싶을 때, 웃고 싶을 때, 마음이 헛헛하든 충만하든, 걸음이 이끄는 대로 극장을 향해 발걸음을 옮긴다.

이 책은 내가 왜 공연을 보는지에 대한 이유를 찾아내기 위해 시작됐다.

아는 것보다 모르는 것이 더 많고, 붙잡은 것보다 놓친 것이 훨씬 많다. 누군가는 이 책을 읽으며 극장을 찾고 싶은 마음이 피어오를 수도 있지만, 또 반대로 관극의 무용함을 발견할지도 모른다.

어느 쪽이든 상관없다. 그저 이런 삶을 살아가는 사람도 있다는 걸 들려주고 싶었다. 매일 어두운 극장에 앉아 무수한 이야기를 듣는, 여기 어느 관객이 있다.

<맨 끝줄 관객> 관람 시 유의사항

AM 12:08
휴대폰 사용을 엄격히 허용합니다.

옆 사람과 자유롭게 대화하셔도 돼요.

뚜껑이 없는 음료 섭취도 가능해요.

단
라면 받침대로 쓰실 경우, 맛있게 드십시오.

자리 이동이 자유롭습니다.
편안한 곳에서
일상의 어느 순간에
언제가 됐든
어디가 됐든
편안하고 즐거운
독서가 되시길 바랍니다.

1장

해님 달님 땅님의 아이

뮤지컬의 단점

The Origin of Love

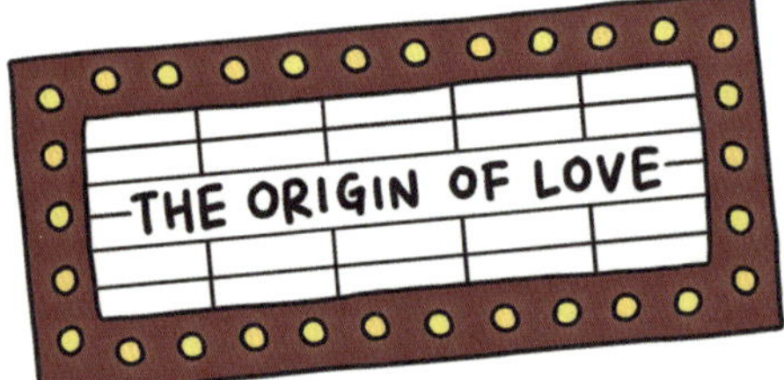

처음 극장에 간 기억은 미취학 아동 시절이다. 아빠의 후배가 어린이 극단에서 일하고 있었고, 후배가 건넨 초대권 덕분에 우리 가족은 가끔씩 극장을 찾았다. 극장은 경기도의 한 백화점 안에 있었다. 반짝반짝 환하게 빛나는 쇼윈도를 지나면, 알록달록한 그림이 담긴 포스터들이 가득 붙은 공연장이 있었다.

극장 문은 평생을 굳게 닫혀있던 것처럼 두껍고 묵직했다. 하지만 공연 시간이 다가오면 언제 그랬냐는 듯 활짝 문을 열고 소란스럽게 관객을 맞았다. 공연 시작 전의 어둡고 컴컴한 객석은 어린 내게 늘 무서운 공간이었다. 하지만 두려움도 잠시, 씩씩하게 어둠을 견디고 나면 선물처럼 밝고 화려한 무대가 펼쳐졌다. 그래서 매번 긴장을 애써 감춘 채 다가올 시간을 기다렸다. 잠깐의 두려움을 버티고 나면 새카맣던 어둠은 곧 눈부시게 밝아졌다. 시공간 역시 통째로 바뀌었다. 흥겹고 우스꽝스러웠던 어느 장면들이 아직도 어렴풋이 기억난다. 머리가 유난히 큰 늑대나 배가 많이 나온 오리, 친근한 애니메이션 주인공의 탈을 쓴 배우들이 시끌벅적 뛰어다니던 풍경들.

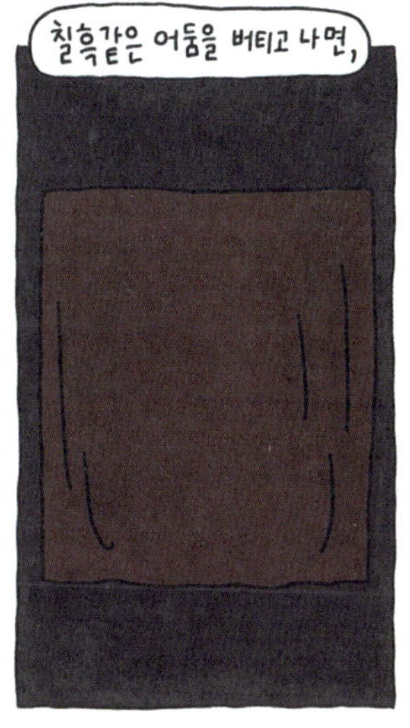
칠흑같은 어둠을 버티고 나면,

선명하게 밝아져오는 세상이 있다.

때로는 공연장에 늦게 도착한 적도 있었다. 이제 와 생각해보면 우리 집에는 나 말고도 두 명의 아이들이 더 있었기 때문에 세 아이를 데리고 외출하는 일은 늘 전쟁이었을 터다. 헐레벌떡 극장에 도착해 자리에 앉고 나면, 바삐 펼쳐지는 상황을 눈치껏 열심히 뒤쫓았다. 처음부터 이야기를 듣지 못했어도,

무대를 즐기는 데에 그리 큰 어려움은 없었다. 그때 그 시간들이 눈치 빠른 어른으로 나를 키워낸 건 아닐까 생각한다.

엄마는 종종 말했다.

"나는 너 키울 때가 제일 힘들었어."

세 남매 중 내가 가장 다루기 힘들었다고 했다. 모든 일에 예민했고, 작은 일에도 유난을 떨었던 뾰족한 아이. 엄마가 나의 어린 시절 얘기를 하며 혀를 내두를 때면, 마땅히 할 말이 없어 매번 멋쩍다. '엄마, 내가 기억 못 한다고 너무 과장하는 거 아니야?'라고 너스레를 떨자니 나도 내가 얼마나 예민한 아이였는지 잘 알고 있어 차마 뻔뻔하게 굴지도 못한다.

예민도가 가장 높은 정점을 찍었을 때는 초등학교 4학년쯤. 눈이 크다는 이유로 고양이라는 별명을 가졌던 나는, 옆자리 친구가 조금만 책상 위 선을 넘거나 내 물건을 건드리기만 해도 '건들지 마!'라며 고양이처럼 날카롭게 굴었다. 학급의 누군가 너무 시끄럽거나 버릇없게 군다고 느껴지면 서슴지 않고 두 손으로 귀를 막기도 했다. 그런 행동은 나쁜 짓이라고 훈계하는 부모님에게 '내가 얼마나 힘든지 아냐'는 말로 부모님의 마음을 두 번 할퀴기까지 했다.

그해 학부모 면담의 날, 담임 선생님은 엄마를 불러 두 가지를 권유하셨다.

"학예회에서 연극을 해보게 하고, 동시 암송 대회에 나가게 해보세요."

내가 예민한 학생이라는 걸 빠르게 눈치챈 선생님은 이 예민함을 감사하게도 감각의 민감함으로 해석했다.

"예민하다는 건 남들보다 더 감각이 발달되어 있다는 뜻이거든요. 그래서 누구보다 더 세심하고 섬세하게 세상을 살필 수 있을 거예요."

그 따뜻한 말은 예민한 딸을 둔 학부모의 마음을 안도시켰다. 그렇게 처음으로 학예회에서 연극을 했다. 온 가족이 함께 만든 연극이었다. 정확한 제목은 기억나지 않지만, 아라비안 나이트를 연극으로 재구성한 이야기였다. 피아노를 치던 동생은 배경 음악을 연주했고, 엄마는 해설자로, 아빠는 고약한 악당으로, 나는 못된 악당을 물리치는 정의로운 주인공이었다.

막냇동생까지 당시 배웠던 택견을 활용해 '이크, 에크!' 기합을 외치며 날쌘 발차기로 악당을 물리치는 역할로 함께했다. 두꺼운 종이를 오리고 붙여 제법 그럴듯한 칼을 만들고, 택견 관장님의 초록색 도복을 빌려 아빠에게 입히고, 테이프로 크고 동그란 야광 팔찌를 귀에 붙여 아라비안 스타일의 귀걸이도 흉내 냈다.

직접 무대에 서는 일은 생각했던 것보다 훨씬 더 좋았다. 객석에서 보기만 했던 무대에 직접 오르는 일은 가슴 떨리게 재밌었다. 대본을 외우고, 목소리 톤을 가다듬고, 어색한 옷을 입는 것은 죄다 처음 해보는 일이었지만 제법 흥미로웠다.

무대에 서는 일이 그리 창피하거나 괴롭지도 않았다. 동시

암송 대회도 마찬가지였다. 수십 개의 시를 토씨 하나 틀리지 않고 외우고, 글자에 호흡과 감정을 담아 읽는 일은 수학 문제를 푸는 것보다 백배는 쉬웠다.

이후 장래희망을 작성할 때마다 배우라는 두 글자가 자리를 늘 차지했다. 가끔 배우 대신 작가나 연출가, 소설가나 시인이 그 자리에 들어오기도 했다. 그렇다고 해서 간호사에서 승무원, 대통령에서 아이돌로 바뀌는 식의 변심은 아니었다. 어린 시절의 나는 분명 10년 뒤의 내가 글도 쓰고, 연기도 하는 만능 엔터테이너가 될 거라고 믿었으니까. 그걸 위한 나름의 목표도 계획적으로 준비했다.

가장 최초의 계획은 중학교 연극부에서 활동하기였다. 연극부에 들어가기 위해서는 오디션을 봐야 했다. 선배들 앞에서 자기소개와 지원 동기, 장기 자랑 비슷한 걸 했던 걸로 기억난다.

나와 선배들은 똑같은 교복을 입고 똑같은 실내화를 신고 있었지만, 그 안에는 하늘과 땅만큼의 간격이 분명히 있었다. 부끄러워 어깨가 자꾸만 움츠러들었지만, 연극부 지망생의 패기를 보여줘야만 할 것 같아 하나도 겁먹지 않은 척 억지로 어깨를 펴고, 허리를 세우고, 턱 끝을 위로 높게 치켜들었다. 거울로 자세를 확인해 본 건 아니지만, 분명 어딘가 엉성하고 어색했을 게 눈에 훤하다.

몇 번의 면접을 거친 뒤 연극부 동아리에 합격했다. 뛸 듯이

기뻤던 것 같기도 하고, 한편으론 너무 당연한 결과라 짐짓 의연하게 행동했던 것도 같다. 기쁜 마음과 사뭇 의연한 마음 그 중간 어디쯤의 기분으로 처음 연극부 교실 문을 열던 날이 기억난다. 미닫이문을 드르륵 열고 낮은 문지방을 하나 넘었을 뿐인데도, 내가 꽤 근사한 공간에 와있는 듯한 기분이 들었다.

다만 한 가지 아쉬웠던 건 연극부 선배들은 죄다 교복 대신 후줄근한 회색 체육복을 주로 입었다는 거였다. 근사한 교복을 입지 않는 문화가 아쉽긴 했지만, 뭐 그래도 괜찮았다. 나는! 그래도! 그토록 고대해 온! 꿈과 희망의 연극부원이 되었으니까!

“어떻게 하는 건지 신입 부원들은 먼저 지켜보세요.”

연극부 첫 활동은 범상치 않았다. 선배들은 원시 부족들의 의식처럼 동그랗게 원을 만들어 선 뒤, 원 중앙에 한 명씩 들어갔다. 가운데 있는 사람은 자신의 몸을 뒤로 던져 바깥 원에 있는 이들에게 제 몸을 맡겼다. 그렇게 바깥 원 사람들을 향해 몸을 던지면, 그들은 다시 그 몸을 중앙 너머의 반대편으로 밀었다. 그렇게 받고, 밀고, 패스하기를 반복하는 일. 선배들은 겁혹은 자아가 하나도 없는 오뚝이 인형처럼 제 몸의 힘을 턱턱 빼고 다른 이들의 손에 자기 몸을 맡겼다.

몇 번의 시범 끝에 새내기들에게도 그 의식에 참여할 수 있는 기회가 주어졌다. 하지만 아직 겁도 많고, 의심도 많았던 새내기들은 아무래도 긴장을 늦출 수 없었다. 사람을 받아내는 것도 어려웠지만, 제 몸을 믿고 던지는 일은 더 무리였다.

우리는 결국 원에서 빠져나와 선배들의 움직임을 가만히 지켜봤다. 선배들이 서로 믿고 몸을 맡기며 만들어 내는 움직임은 탄력적이었고, 그 장면을 보는 것만으로도 재밌었다. 아슬아슬 금방이라도 고꾸라질 것 같지만, 서로가 서로를 든든하게 받치며 끊임없이 만들어 내는 생동적인 반동이 그곳에 있었다.

관객으로서 공연을 관람하면서 가장 기쁨을 느낄 때는 여러 사람들이 수없이 머리를 맞대 고민하고 노력했던 순간들이 빛날 때다. 끝없는 고민 끝에 탄생한 작가의 문장이 배우를 통해 전달될 때 그리고 그 위로 조용히 쏟아져 내리는 조명이 찬란하게 공간을 채우고, 그 여백을 비집고 나오는 음악이 또 다른 말을 건넬 때.

모든 순간을 세심하게 다듬는 연출과 작은 구석 하나 놓치지 않고 신경 쓴 무대 미술, 모든 이야기를 한 폭의 그림으로 담고 있는 포스터 등등 촘촘하게 쌓아 올린 하나의 견고한 극을 발견했을 때, 내가 할 수 있는 거라곤 그저 감탄의 박수를 보내는 것뿐이다.

그럴 때면 한 품에 들어오는 프로그램 북을 소중히 안고, 그 속에 있는 무수한 이름들을 괜히 좇아 읽어간다. 얼굴도 알지 못하는 연출의 말을, 제법 멋있는 문장을 정갈하고 빼곡하게 적어 내려간 드라마 투르기의 말을, 거침없이 그려낸 의상 스케치와 무대 설계도 같은 이미지들을 눈으로 좇으며 크게 감탄한다. 어쩔 땐 무대 뒤에서 묵묵히 일하는 그들에게 박수를 보낼 수 있는 공식적인 시간이 있으면 좋겠다는 생각도 한다. 이름도 모르고, 얼굴도 모르는 분주한 움직임들을 콕 집어 감사한 마음을 표현하고 싶어 가끔은 프로그램 북을 꼭 껴안고 극장 주변을 서성이기도 한다.

삼인성호三人成虎, 세 사람만 우기면 없던 호랑이도 만든다는 말이 있다. 여러 명이 근거 없는 소문을 퍼뜨리면 그 시비를 판

단하기 어렵다는 의미의 성어이지만, 다르게 생각하면 여러 명이 마음만 먹으면 무엇이든 근사하게 만들어 낼 수 있다는 뜻으로 읽히기도 한다.

무한한 가능성과 근사한 상상을 덧대 용맹한 호랑이 한 마리를 만들어 내는 일. 나는 그들의 말들이 거짓이어도 좋다. 있는 힘껏 나를 속이는 거짓말에 귀 기울이며 함께 없던 호랑이를 상상하고, 꿈꾸고, 그려내는 일이 매번 즐겁다. 어쩌면 하나가 되려 노력하는 그들의 마음을 몸소 바라보고 느끼고 싶어 극장을 찾는 건지도 모르겠다. 함께 하나가 되는 것 외에는 뾰족한 방법이 없는 서툴고 외로운 세상에서, 극장은 하나가 되는 방법을 매일 보여주기 때문이다.

'대체 왜 맨날 공연을 보는 거야?', '그게 뭐가 재밌어?' 하는

질문을 들을 때면 어김없이 학창 시절, 연극부 첫날의 장면이 생생하게 떠오른다. 구구절절 말로 표현하긴 어려워 '그냥 재밌으니까'라는 말로 얼버무리지만, 여전히 또렷하게 떠오르는 그날의 풍경이 그 답일지도 모르겠다. 세상 어느 곳에서도 경험해 본 적 없던 단단한 연대가 오롯하게 있는 곳, 서로를 믿는 단단한 연결 안에서 온전히 나를 드러낼 수 있는 곳, 서로의 힘으로 세게 붙잡아 주고, 다시 또 뜨겁게 중력의 세계를 향해 뛰어드는 그런 곳. 극장은 내게 그런 의미다.

어느덧 삶의 절반 이상을 극장의 관객으로 살았다. 극장에서 무수히 많은 말을 들어봤지만, '나는 혼자서 모든 걸 해낼 수 있어'라는 외침은 한 번도 들어본 적이 없다.

힘들 때면 누군가 나타나 손길을 내밀었고, 길을 잃을 때면 누군가 나타나 길을 알려줬다. 매일매일 점점 더 외롭고 퍽퍽해지는 세상에서, 여전히 하나가 되기 위해 힘을 합하고, 서로를 보듬는 이야기가 있다니. 아무리 지지고 볶고 싸워도 결국은 서로의 손을 맞잡고, 서로를 향한 박수를 보내는 몸짓이 있다니!

흉흉한 소식이 매일매일 끊이지 않는 세상을 살고 있다. 휴대폰 속 뉴스도, SNS 속 자극적인 섬네일에도, 서로를 미워하고 혐오하는 이야기들뿐이다. 한참 동안 멍하니 앉아 뉴스를 보다 보면 때때로 세상에 더 이상 희망이 없다고 느껴진다. 삶의 곳곳에서 엄습하는 두려움과 공포, 외로움과 폭력의 흔적을 지우고 싶을 때, 그럴 때마다 나는 극장을 찾는다. 조명이 스르륵 천천히 꺼질 때, 그 암전 속에서 그간 소란했던 마음들 역시 함께 꺼버린다. 그러고는 극장 안에서 다시금 새로운 힘을 충전한다. 서로를 믿고 몸을 내던질 수 있는 곳. 그 반동으로 다시 따뜻한 움직임을 만들어 내는 곳. 세상을 밝힐 수 있는 유일한 희망이, 거기에 있다.

!
얘들아
공연보러가자

?

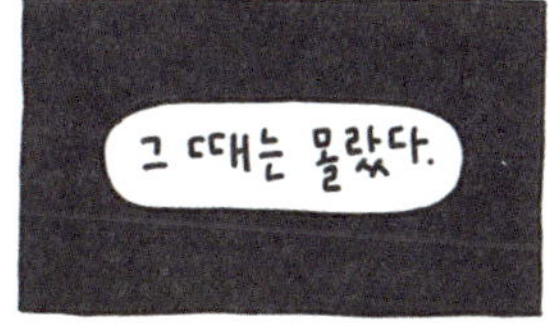
그 때는 몰랐다.

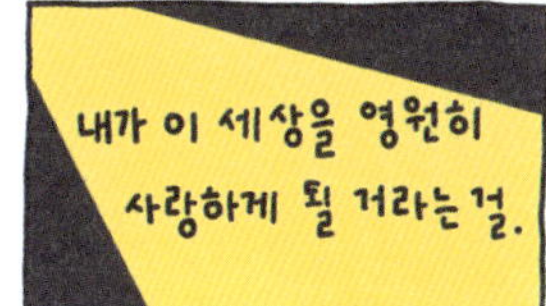
내가 이 세상을 영원히
사랑하게 될 거라는 걸.

오디션의 추억

매일 밤 거울을 보며 '아름다운 밤이에요, 여러분' 같은 희대에 남을 수상 소감을 열심히 연습하곤 했지만, 한 치 앞을 모르는 게 사람 일이듯, 배우가 되겠다는 내 계획은 처음부터 길을 잃고 말았다. 한 학기 만에 다른 지역으로 이사를 가게 됐기 때문이다.

새로 다니게 될 학교는 촌스러운 교복을 입는 여자 중학교였다. 전통과 역사를 자랑하는 학교였지만 애석하게도 그곳에는 연극부도, 연극 동아리도 없었다.

연극 동아리가 없다는 청천벽력 같은 소식을 듣고, 나의 상심은 이루 말할 수가 없었다. 연기를 배우고 싶은데 당최 어떻게 연기를 시작해야 하는지 몰라 발만 동동 굴렀다. 울적하고 간절한 마음으로 찾아낸 다음 이정표는 여의도에 위치한 연기 학원이었다. 익숙한 방송국 채널 로고가 박힌 학원은 금방 이라도 나를 TV 드라마에 데뷔시켜 줄 것처럼 황홀해 보였다. 학원에 입학하기 위해서는 먼저 카메라와 연기 테스트를 통과해야 했다. 지금 생각해 보면 그저 형식적인 과정에 불과했으나, 아무것도 모르던 당시의 내게는 교내 연극부 오디션보다 백배는 떨렸다. 긴장과 걱정 끝에 진행된 오디션, 결과는 다행히 통과.

하지만 내 발목을 잡은 건 오디션 결과가 아니라 돈이었다. 연기 학원의 수업료는 굉장히 비쌌고, 6개월 단위로 수강료를 지불하는 시스템이라 체감은 훨씬 더 비싸게 느껴졌다. 갑자기 연기를 배우겠다며 반년 치 학원비를 달라는 딸을 둔 부모 입장에서는 등골이 휘는 기분이었을 거다. 연기 학원을 보내기가 부담스러워했던 아빠는 나를 조용히 방으로 불렀다. 한참의 설득과 대화 끝에 오히려 백기를 든 쪽은 아빠였다. 아빠는 몇 번 한숨을 쉬더니 똘망똘망한 눈빛을 감추지 못하는 내게 말했다.

“사실 아빠 꿈도 연극배우였어. 군대에서도 연극해서 포상휴가 받고 그랬었다니까.”

결국 아빠의 은근한 응원에 힘입어 자못 당당해진 모습으로 연기 학원에 입성했다.

연기 학원 교실 문은 투명한 유리 위에 반투명한 시트가 절반 정도 붙어있었다. 그래서 각 교실의 학생들이 대충 뭘 하고 있는지는 어렴풋이 살펴볼 수 있었다. 어떤 반은 내 또래 애들이 발음 연습을 하고 있었고, 또 어떤 반은 나보다 나이가 훨씬 많은 언니 오빠가 발성 연습을 하곤 했다. 또 어떤 반은 키가 크고 마른 어른들이 몇 개의 조명만 겨우 켜진 어두운 교실에서 진지한 얼굴로 워킹을 하고 있었다.

내가 수업을 듣던 교실은 가장 밝고 환했다. 거기서 나는 또래 친구들을 열댓 명 정도 만났다. 동갑내기 친구는 한 명도 없었다. 나이가 위아래로 조금씩 달랐고, 나이와 관계없이 키도 제각기 달랐다. 우리는 벽면이 모두 통유리로 된 교실 안에서 몸을 풀고, 발음과 발성 연습을 하고, 카메라 앞에서 눈물을 흘리고, 펜이나 코르크 마개 같은 걸 입에 끼운 뒤 어려운 문장을 읽고 또 읽었다.

연기 수업 중에는 특정 사물을 표현하는 시간도 있었다. 돌이나 꽃 같은 사물이 되기도 했고, 공기나 바람 같은 무형의 물질로 변하기도 했다. 각자가 상상하는 사물의 모습을 몸짓으로 표현하는 시간도 있었다. 그 수업을 담당하는 선생님은 홍 선생님이었다. 홍 선생님은 손도 작고, 손톱도 작고, 발도 작고, 키도 작았다. 하지만 날카로운 눈과 묵직한 카리스마를 갖고 있어 작은 사람이라고는 절대 느껴지지 않았다.

수업 때마다 홍 선생님은 연기 시범을 보여줬는데, 그럴 때마다 홍 선생님의 두 눈은 아주 순식간에 무언가에 몰입한 눈으로 또렷하게 바뀌었다. 홍 선생님은 어떤 주제든, 어떤 소재든 금방이라도 침착하고 빠르게 변신할 줄 아는 사람이었다. 어느 날은 세상에서 가장 무거운 바위가 되었다가, 또 어느 날은 방금 막 피어난 봄날의 한 송이 꽃이 되곤 했다. 나는 그걸 가만히 들여다보는 게 좋았다. 선생님이 만들어 내는 몸짓을 보고, 그 몸짓을 말하는 이야기를 듣고, 홍 선생님의 깊숙한 눈 너머로 빨려 들어가는 일은 늘 즐거웠다.

가끔 학원에는 기획사나 영화 제작사 사람들이 왔다. 영화나 드라마에 나올 아역 배우를 찾거나 갓 데뷔할 아이돌 그룹에 빠르게 투입될 새 멤버를 찾기 위한 오디션이었다. 그때마다 우리는 담배 냄새가 얼룩덜룩 묻어나는 아저씨들 앞에서 연기를 했다. 주어진 대본을 받고 연기를 할 때도 있었지만, 대부분은 카메라 앞에서 시키는 대로 표정을 지어 보이는 게 다였다. 묻는 말에 대답해야 할 때면 아저씨들을 봐야 할지, 카메라를 봐야 할지 알 수가 없어 눈알을 열심히 데굴데굴 굴렸다. 오디션은 대부분 길지 않았고, 아이들 대부분의 연기는 대부분 엇비슷한 느낌을 줬다. 각자 준비해 간 장기자랑을 하지 못해도, 정해진 다섯 줄짜리 대본을 다 읽지 못하더라도, '네, 됐습니다' 하는 말을 들으면 그대로 멈춰야 했다. 어린 나이였음에도 무언갈 보여주기엔 턱없이 짧은 시간이라고 생각했던 것 같다.

아빠의 응원을 받으며 오디션장으로 향했고, 오디션이 끝나면 엄마가 준 용돈으로 토스트를 사 먹었다. 카메라 테스트를 보는 만큼, 그만큼의 토스트를 먹었다. 오디션에서 떨어질 때마다 홍 선생님은 어린 내가 박탈감이나 실패감을 맛볼까 봐 걱정했다. 하지만 걱정하는 사람의 속도 모르고 매번 나는 꽤 괜찮았던 것 같다. 변함없이 학교로 돌아가 수업을 듣고, 학교가 끝나면 연습실로 향했다. 갓 구워 나온 뜨거운 토스트를 꼭꼭 씹어 먹으면서, 홍 선생님의 수업을 소중히 고대하면서.

TV 오디션 프로그램을 안 본 지는 꽤 됐지만, 가장 기억에 남는 오디션 프로그램은 <슈퍼스타 K>다. 가수를 꿈꾸는 노래 잘하는 사람들이 전국 곳곳에 있었다. 심사위원들은 제주로, 부산으로, 인천으로 날아가 수많은 사람들의 노래를 들었다. 그렇게 몇 명의 예비 스타들을 뽑고 나면, 그다음으로는 그들의 절박하고 간절한 서사를 들려줬다. 누군가는 힘겨운 어린 시절을 보냈고, 눈물 없이 못 듣는 지독한 연습생 생활을 하는 이도 있었다. 그들의 이야기를 듣다 보면, 그들의 노래 실력보다 그들의 인생 자체를 응원하고 싶어지는 기분이 들었다. 노래나 퍼포먼스를 더 힘 있고 강력하게 만드는 것은, 그들의 인생에 있었다.

그런 이들의 삶을 들여다보고 있노라면 내 오디션의 추억들이 하나씩 떠오른다. 그때의 내 꿈이 그저 무탈하고 무난하기만 했던 건 딱 그만큼의 순탄하고 평범한 일상이 있었기 때문은 아닐까 하고.

물론 그렇다고 해서 그런 고단함을 억지로 갈망한 것은 아니었다. 비록 지독한 고통을 딛고, 어둡고 외로운 고배를 마셨던 건 아니지만, 그럼에도 분명한 건 무언가에 진심을 쏟는 치열했던 나날이었다. 어떤 날에는 스스로 잘했다는 생각이 들어 우쭐했다가도, 또 어떤 날에는 스스로 너무 별로였다는 생각에 한참을 뒤척이던 밤들. 꿈을 향한 나의 걸음을 더욱 강력하고 뜨겁게 만들어 줄 눈물 나는 서사는 없었지만, 그래도 당시의 진심과 열정은 아직도 선연하게 빛나는 시간들이었다.

가끔은 한 번쯤 그때로 돌아갈 수 있다면 좋겠다. 다시 돌아간다고 해도 그 시절의 꿈을 잘 키워갈 용기는 과연 없지만, 무언갈 향해 열정을 다해 진심이었던 그때의 나를 만나보고 싶기 때문이다. 홍 선생님을 바라보는 진지한 눈빛, 우적우적 씹어 먹던 토스트의 맛, 치열하게 꿈을 향해 고민하던 시절 속의 나를.

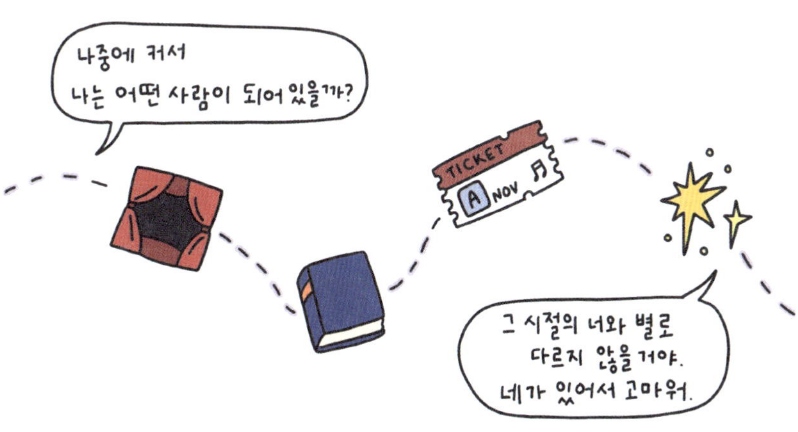

나중에 커서
나는 어떤 사람이 되어 있을까?
TICKET
A NOV
그 시절의 너와 별로
다르지 않을 거야.
네가 있어서 고마워.

그리고 말해주고 싶다. 미래의 내가 지금의 너에게 고마운 게 참 많다고. 갖은 역경을 딛고 우뚝 선 슈퍼스타의 서사를 가진 사람은 되지 못했지만, 좋아하는 것을 향해 마음을 쏟을 줄 알았던 지난 나날 덕분에 여전히 좋아하는 것을 향해 꾸준히 묵묵하게 나아가는 사람이 되었다고. 비록 네가 그토록 꿈꾸던 만능인이나 멀티 엔터테이너가 되지는 못했지만, 그 시절의 추억 덕분에 그래도 지금의 나에게 꼭 어울리는 자리에서 여전히 사랑과 열심을 가득 담아 그때의 나처럼 이 세상을 사랑하고 있다고 태연하고 다정한 안부를 전하고 싶다.

무대 위 배우를
사랑하는 이유

세상에는 두 부류의 사람이 있다. 체육 시간이 즐거운 사람과 전혀 그렇지 않은 사람. 나는 언제나 후자였다. 피구를 할 때면 빨리 공에 맞고 경기장 밖으로 나가서 쉬는 게 좋았고, 오래 달리기 측정을 할 때면 갖은 핑계와 할리우드 스타도 울고 갈 병약 연기로 수업 면제 찬스를 얻어내곤 했다.

"선생님, 제가 천식이 있어서 오래 달리기는 하면 안 돼서요. 콜록콜록."

나의 학창 시절 오래 달리기 기록은 없다. 초등학교 때 앓았던 천식을 핑계 삼아 고등학교 졸업 직전까지 무려 12년간 단 한 번도 체력장 달리기를 해본 적이 없기 때문이다. 어릴 땐 아픈 것도 자랑이 되고 부러움이 되는 법. 영화 <말할 수 없는 비

밀>의 샤오위처럼 심각한 천식은 아니었지만, 그래도 늘 '면제 대상'이었던 나는 친구들의 부러움을 받았다. 나는 뽀송한 얼굴로 벤치에 앉아, 땀을 뻘뻘 흘리며 결승선을 통과하는 친구들을 멀찍이서 바라봤다. 친구들의 괴로운 표정을 마주하며, 내심 '뛸 수 없어서 참 다행이다'라고 생각했던 것도 같다.

학교를 졸업하면 다시는 마주칠 일 없다고 생각했던 달리기였지만, 이상하게도 달리기는 졸업 이후 내 주변에 더 자주 등장하기 시작했다. 러닝이나 하프 마라톤을 즐기는 친구들이 무척 많아졌고, 누가 시키지 않아도 자발적으로 달리는 사람들이 많아졌다. 달리기를 취미 삼은 친구들의 일상을 듣거나 결승선을 향해 힘차게 뛰어가는 미소를 바라볼 때면 뛸 수 없어 다행이라던 예전의 감정은 이내 사라졌다. 이제는 그저 그들의 건강한 심장과 튼튼한 두 다리가 부럽고 질투가 났다.

뒤늦게 달리기를 연습하고 훈련했다. 초급자용 러닝 앱을 깔아 매일 뛰어보기도 했고, 친구들과 러닝 클럽을 만들어 함께 달려보기도 했다. 하지만 달리기는 끝내 나와 친해질 생각이 없어 보였다. 얼마 뛰지도 않았는데 심장은 금세 입 밖으로 튀어나올 듯했고, 아무리 뛰어도 친구들의 속도를 따라잡을 수 없었다. 어떤 날은 발바닥 아치가 아팠고, 또 어떤 날은 허리가, 또 어떤 날은 무릎이 콕콕 쑤셨다. 그렇게 며칠 쉬고 나면 겨우 조금 늘어난 폐활량은 원상복귀. 다이어트를 결심하듯 몇 번이고 다시 달리기를 시도했지만, 좀처럼 세 달을 넘긴 적은 없었다.

드라마 <미생>에는 이런 대사가 있다.

“네가 이루고 싶은 게 있다면 체력을 먼저 길러라. 네가 종종 후반에 무너지는 이유, 대미지를 입은 후에 회복이 더딘 이유, 실수한 후 복구가 더딘 이유, 다 체력의 한계 때문이야. 체력이 약하면 빨리 편안함을 찾게 되고, 그러면 인내심이 떨어지고, 그리고 그 피로감을 견디지 못하면 승부 따위는 상관없는 지경에 이르지. 이기고 싶다면 네 고민을 충분히 견뎌줄 몸을 먼저 만들어.”

남들만큼 달리지 못하는 이유는 결국 체력 부족이었을까. 체력이 없어서 체력을 기르려는데, 정작 체력을 기를 체력조차 없다는 사실이 씁쓸했다.

결심 끝에 비싼 필라테스 수업을 끊었다. ‘나도 SNS 속 사람들처럼 금방 탄탄한 몸매와 근육을 갖게 되겠지’ 싶었지만, 현실은 달랐다. 수업 5분 만에 숨이 턱에 찼고, 땀이 비 오듯 쏟아졌다. 기초 유산소 운동부터 애를 먹었다. 남들보다 체력이 현저하게 떨어진다는 사실이 왠지 부끄러웠다. 그래서 수업 후에는 다시 달리기를 시작했다. 알이 먼저냐, 닭이 먼저냐 같은 순환이었다. 필라테스를 하기 위해 달리기를, 달리기를 하기 위해 필라테스를.

초보자를 위한 러닝 앱을 간만에 다시 실행했다. 2분 달리기부터 시작해, 점차 30분 연속 달리기로 이어지는 프로그램. 앱을 따라서 훈련하기만 하면 두 달 안에 연속 달리기를 할 수 있다고 했지만… 아직도 여전히 8주를 완주한 적이 없다. 감기, 여행, 업무, 미세먼지, 폭우와 폭염 등 '정당한 이유'들 앞에서 나는 매번 속수무책 게을러졌다.

그렇게 실패가 반복되다 보면 도전보다는 도태를 택하게 된다. <미생>의 대사처럼 편안함을 찾고, 승부 따위는 상관없는 지경에 이르게 되는 것이다.

김세정이 노래를 부르는 걸 처음 본 건 SNS에서였다. 노력파 아이돌로 유명했던 그녀는 작사, 작곡을 하는 것으로 모자라 뮤지컬까지 도전했다. 2021년 뮤지컬 <레드북>에 캐스팅된 그녀는, 무대가 개막하기 전 라디오에 나와 <레드북>의 한 넘버를 불렀다. 솔직히 좀 아쉬웠다. 노래 잘하는 아이돌 실력

자라 알려졌지만, 그녀가 들려준 뮤지컬 넘버는 어딘가 부족한 느낌이었다. 나만 그런 게 아니었다. 댓글들도 비슷한 반응이었다. '아이돌이면 이 정도만 해도 주연이 되는구나' 싶어, 약간의 씁쓸함을 품고 영상을 닫았다.

그녀를 다시 본 건 공연 무대 위였다. 불과 몇 달 사이, 그녀는 완전히 달라진 모습으로 역할을 소화하고 있었다. 이전의 아쉬움은 온데간데없고, 오히려 깊어진 감정과 풍성한 음색을 선보였다. 마음이 벅차도록 좋아서 누군가 올린 커튼콜 영상을 닳도록 돌려봤다. 어제의 세정을 이긴 오늘의 세정이 너무 멋졌다. 그간의 땀과 노력이 고스란히 느껴지는 그녀의 무대를 보다가 문득 나는 다시 뛰고 싶어졌다.

돌아보면 무대는 누군가의 성장을 응원하기에 참 좋은 곳이다. 매일이 라이브라는 장르적 특성 때문에 그 변화가 더 빨리 눈에 보이기 때문이다. 어제의 아쉬움이 내일의 성장으로, 어제의 실수가 내일의 발판으로 이어지기도 한다. 매번 짙어지고, 깊어지고, 풍성하게 익어가는 무대. 누군가의 열심이 빛을 발하는 과정을 가까이에서 볼 수 있기 때문일까, 무대 위의 배우들을 볼 때면 그들을 향한 응원의 마음이 나도 모르게 저절로 솟는다.

꼭 배우만의 이야기는 아니다. 한번은 이런 일도 있었다. 10년 전쯤, 블로그에 공연 후기를 쓰던 시절 한 신인 연출이 댓글을 남긴 적이 있다. 본인이 조연출로 데뷔한 공연에 와달라는 부탁이었다. 얼굴도 모르는 사람이었지만, 그의 글에서 간절한 마음이 느껴져 친구와 함께 극장을 찾았다. 공연은 나름 재미있었지만, 금방 또 잊혔다.

그로부터 시간이 얼마나 흘렀을까. 익숙한 극장에서 인상적인 신작을 보게 됐다. 공연 연출이 너무 흥미로워서 프로그램북을 뒤적이는데, 낯익은 이름이 보였다. 그때 내게 공연을 보러와 주십사 부탁했던 그 연출의 이름이었다. 내게 메일을 보냈던 그날 이후 그는 꾸준히 작품을 이어가며 상도 받고, 자신만의 길을 걷고 있었다. 낯선 사람이지만, 왠지 오래 알아온 사람의 안부를 듣게 된 것처럼 가슴이 뭉클해졌다.

새삼 눈물까지 나올 뻔했다. 충실히 또 바쁘게 노력을 다했을 그간의 시간들이 눈에 선해 괜히 뿌듯한 기분까지 들었다. 얕은 재주를 부리지 않고 차근차근 정직하고 성실하게 성장하는 이들의 모습을 보고 있다 보면 나 역시 커다란 에너지를 받는다. 화려하고 찬란한 무대에 오르기 위해, 보이지 않는 무대 뒤에서 얼마나 열심히 치열하게 고민하고 연습하고 단련했을까. 그런 그들의 삶을 상상하다 보면 나라고 뭐 못할 것 있나 싶은 마음이 들어 괜히 흐트러진 자세를 다잡게 된다.

내공이 쌓이는 게 두 눈에 보이는 곳, 오늘의 최선을 향해 기꺼이 질주하는 곳. 닮고 싶은 것은 계속 곁에 두고 싶은 법이다. 무대는 누군가의 노력과 성장을 지켜볼 수 있는 곳이기 때문에, 그래서 나는 이 공간이 주는 용기의 힘을 사랑하는지도 모르겠다. 더 나아지기 위해, 결국 해내기 위해, 열심히 그리고 무수히 흘렸을 땀의 교훈을 배우고 또 새긴다. 아아, 내일은 천천히 다시 달려봐야지.

주먹을 불끈 쥐고

수신인이 없는 편지를 쓴다. 하고 싶은 말을 수북이 적고 또 적는다. 어디에도 보낼 수 없는 편지지만, 그래서 더 솔직해진다. 갈 곳 없는 편지가 계속 방 한 귀퉁이에 쌓이지만, 그래도 생각이 날 때마다 적고 또 적는다. 어쩌면 언젠가는 이 마음이 닿을지도 모르겠다는 그런 마음으로.

햇살이 내리쬐는 오후쯤 아주 느지막이 일어났다. 어제저녁 늦게까지 공연을 보고, 집에 와서 새벽까지 그날 본 공연 그림을 그린다고 잠을 미룬 탓이다. 눈곱도 떼지도 않은 상태로 휴대전화 메시지들을 확인하고, 조금 더 게으르게 빈둥거리다가 늦은 아침 겸 점심을 먹고, 책상에 앉아 다시 그림 작업 마무리를 했다.

어제는 기자 인터뷰에 다녀왔다. 아주 오랜만에 내한하는 뮤지컬의 기자 간담회였다. 그래도 처음 가보는 행사는 아니었던 터라 제법 능숙하게 다녀왔다. 바쁘게 질문하는 기자들 사이에서 머쓱한 티를 숨긴 채 의연하게 그들의 대화를 듣기도 하고, 타닥타닥 빠르게 타이핑하는 기자들의 손가락들 사이에서 괜히 바쁜 척 사부작사부작 단어들을 휘갈겨 썼다.

내일은 뮤지컬 극작가 인터뷰를 하러 간다. 무대를 준비하면서 어떤 걸 가장 많이 염두에 뒀는지, 즐거웠던 연습실 에피소드는 없었는지 물어볼 예정이다. 그리고 나눴던 이야기를 다듬어 만화로 그릴 테다. 나의 이런 근황을 D 선배가 듣게 된다면, 그는 뭐라고 할까? 호기심 가득한 선배의 두 눈은 분명 반짝일 거다. 조금은 무례하지만 순수하고 투명한 질문들을 연신 던지겠지. 그리고 나는 나와 비슷한 결을 가진 선배와의 대화가 신나고 즐거워 미주알고주알 끝없는 대화들을 나눌 거다. 그리고 그 대화의 끝은 분명 '기죽지 마!'라는 선배의 은근한 응원으로 매듭지어질 것이다. 한 번도 나눈 적 없던 우리의 대화가 눈에 훤하게 그려진다.

선배를 처음 만난 건 20대 초반, 어떤 자기 계발 모임에서였다. 입시를 준비하면서 다급하게 결정한 전공 말고, 앞으로 인생을 살아가면서 진짜 나답게 살아가는 길은 어떤 길일지 애늙은이 같은 고민을 일찍부터 하고 있을 때였다. 그간 살아온 인생을 돌아보며 내가 좋아하고 잘하는 일을 찾아가는 모임이었는데, 처음 만난 사람들이라 그런지 오히려 나의 삶을 속절

없이 털어놓기는 더 편했다. 때때로 오랜 시간 알고 지냈던 친구들보다 처음 보는 사람들 앞에서 더 투명하고, 솔직해지기도 하니까.

그날도 그랬다. 나는 부끄러울 것도 없이 처음 만난 선배에게 학창 시절을 어떻게 보냈는지, 어떤 일을 할 때 그렇게 행복했는지, 내 안에 어떤 부끄러움이나 질투가 가득한지 툴툴 털어놓았다. 선배는 동그란 얼굴에 왠지 조금은 차가운 인상 가진 사람이었다. 어린 시절 청소년 극단에서 겪었던 일화를 털어놓고 있었는데, 선배는 갑자기 내 말을 끊더니 말했다.

"실례지만 혹시…?"

알고 보니 선배는 나와 같은 극단 출신이었다. 나이 차이가 있어서 한 번도 만난 적 없지만, 나의 까마득한 선배가 그의 까마득한 후배였다. 내가 선배를 선배라 칭한 이유도 그 때문이다. 선배는 그 사실을 알자마자 바로 슬쩍 장난스럽게 내게 주먹질하는 시늉을 하며 반말을 했다.

"야 너 잘해라."

차갑기만 했던 선배의 인상이 갑자기 눈 녹듯 따뜻해졌다. 경상도 저 먼 바다 끝자락에서 연극을 하겠다고 서울에 올라온 소년. 연극 하나만 보고 꿈을 향해 달려왔지만, 선배의 꿈은 그렇게 쉽게 이뤄지지 않았다. 그 어린 나이부터 부모의 지원은커녕 부모의 삶까지 홀로 짊어져야 했고, 가고 싶었던 연극영화과에 합격했는데도, 아르바이트로 겨우 모은 돈은 대학등록금 대신 아버지의 병원비로 써야 했다. 그 누구보다 불타는 패기를 가진 사람이었는데도, 눈앞에 놓인 불구덩이 같은 삶에서 벗어나기 위해 제 꿈을 미루고 또 미뤄야 하는 기구한 삶이었달까. 선배의 얘기를 들으면서 이렇게 다사다난한 사람이 다 있구나 싶었다. 나보다 고작 일곱 살 많은 오빠였는데, 그의 삶은 몇십 년을 더 살아낸 사람처럼 어른스러웠다.

선배는 씩씩하고 야무지게 제 삶을 일구어 가는 사람이었다. 그래서 선배 주위엔 언제나 사람들이 가득했다. 공연 제작자가 되고 싶었던 선배는 자신이 모은 사람들과 함께 단체로 공연 관람을 하기도 했고, 대단한 배우나 연출가, 작가들에게 자길 만나달라며 구애하기도 했다. 그리고 업계 관계자들은 그런 적극적인 선배를 기특해하고 귀여워했다. 나는 그렇게까지 자기가 좋아하는 일에 진심인 사람을 본 적이 없었던 터라 선배의 내일과 미래가 그 누구보다 기대됐다. 이제야 말하지만, 선배의 옆에 붙어있으면 어떤 콩고물이라도 떨어질 것 같아 그 뒤를 졸졸 쫓아다녀야겠다는 깍쟁이 같은 다짐을 남몰래 하기도 했었다.

그러던 어느 날 선배에게 큰 사고가 불청객처럼 찾아왔다. 그렇게나 뜨거운 불길 속에서 살아난 게 기적이라고 했다. 생사를 다투는 여러 번의 수술 끝에 선배를 다시 만날 수 있었다. 다시 만난 선배의 얼굴은 변했고, 목소리를 잃었다. 빨갛게 일그러진 선배의 얼굴과 날카롭게 흩날리는 목소리를 마주하는 일은 생각보다 너무 어렵고 힘들었는데, 그러면서도 매번 아무렇지 않은 척을 하느라 시선과 마음이 바빴다.

선배는 그날 그 화재 사고가 난 이후로 가끔 환청이 들린다고 했다. 매일 밤, 잠을 쉬이 들기가 어렵다고도 했다. 매일 병실에서 시간을 보내는 선배가 외로울까 봐 먼 길을 오가며 종종 병문안을 가곤 했는데, 그때마다 선배의 병실엔 늘 친구들이 있었다. 마치 극장에 가는 것처럼, 혼자 찾아간 병실에서 만난 여러 사람들의 근황과 안부를 듣느라 시간이 가는 줄 몰랐다.

선배는 내가 아는 사람 중 공연을 가장 사랑하는 사람이었다. 여러 이야기가 북적이는 병실에서도 선배는 늘 공연 얘기를 주로 했다. 선배에게는 100권의 공연 평론을 읽겠다는 목표가 있었고, 자신만의 평론 글을 쓰고 싶어 했고, 35세에는 소극장 주인이 되고 싶다고 했다. 사고가 난 이후에도 예전처럼 여러 연출가와 배우, 작가들을 만나러 다녔다. 외출이 쉽지 않은 상황에서도 기를 쓰고 극장에 갔고, 무대에 서는 사람들을 응원하겠다며 여러 프로젝트를 기획하고, 축제를 만들었다.

퇴원을 한 선배는 <맨 오브 라만차>의 돈키호테처럼 이룰 수 없는 꿈을 꾸겠다며 그런 포부가 담긴 이름의 공연 제작사를 만들었다. 화상 환자와 소방관에 대한 이야기를 다뤄보겠다고 그의 자전적인 이야기가 가득 담긴 연극을 만들기도 했다. 선배를 만날 때마다 선배는 내게 인사 대신, '기죽지 마!'라는 말로 인사를 대신하곤 했다. 언제나 매번 맥락도 없고, 뜬금없었지만, 그 말은 어떤 말보다 명확하고 또렷해서 나는 매번 정신이 확 드는 것 같았다. 선배가 쥐여준 그 문장은 그날의 하루를, 한 주나 한 계절을 살아가는 나에게 주문처럼 들렸다.

선배는 아마 모를 것이다. 내가 얼마나 그 문장을 믿고, 또 사랑했는지.

선배를 마지막으로 본 건 대학로에 있는 그의 자취방이었다. 근처에서 혼자 공연을 보고 집으로 돌아가던 어느 늦은 밤, 선배가 혹시 근처면 그의 집으로 오라는 연락을 했다. 나는 좀 무서웠다. 선배에게 자주 병문안을 가긴 했지만, 아무리 그래도 늦은 밤 병원이 아닌 성인 남성의 집에 혼자 가기는 좀 불편했기 때문이었다. 가기 싫다는 말을 에둘러 빙빙 둘러대다가, 문득 선배가 내게 그런 부탁을 한 적은 처음이라는 것을 깨닫고 조심스러운 마음으로 그의 집으로 갔다.

목에 엄지손가락 한 마디만큼의 구멍이 뚫려있던 선배는 목에 있는 튜브 구멍에 손가락을 갖다 대지 않으면 목소리조차 나오지 않았다. 그날 선배는 목구멍에 손가락을 댈 힘도 없었는지, 아주 작게 존재감 없이 사라지는 말들로 말을 걸었다. 그토록 작고 나약한 그의 목소리를 들은 건 그때가 처음이었다.

사고 이후에도 선배는 늘 당당하고 자신감 넘쳤다. 사고를 계기로 새로운 공부도 시작하고, 상처에 굴하지 않겠다며 공연 기획자로서 여러 강연이나 방송에서 희망을 주는 얘기도 많이 하던 사람이었다. 언제나 강하게만 보이던 선배가 내게 투정을 부렸다. 혼자서 밤을 버티는 게 너무 힘들고 무섭다고 짜증을 냈다. 그 짜증마저도 아주 미세하고 작게 흩날렸다. 왠지 불편하고 어색한 마음으로 가만히 선배가 잠드는 걸 지켜봤다. 뾰로통한 표정을 숨기지 못한 채 못미더운 토닥거림으로 약에 취한 그를 겨우 재운 뒤, 선배가 잠들자마자 나는 좋지 못한 마음으로 집으로 돌아갔다.

행사가 있어서 새벽 일찍 일어나 안동으로 내려가던 버스 안이었다. 새벽달이 유난히 예뻤다. 달을 보면서 오늘은 왠지 김광석의 <서른 즈음에>와 <잊어야 한다는 마음으로> 따위의 노래를 들어야 한다며 혼자 유난을 떨었다. 그런 와중에 비슷한 시간대에 페이스북에 올라온 선배의 글을 봤다.

'잘난 척 좀 하지 말 걸 그랬당.'

선배의 글을 보면서, '이 양반, 또 어디서 말실수를 했나 보네' 하고 가볍게 넘겼다. 평소처럼 아무렇지 않게 쓸어내린 선배의 글. 그 때 무슨 일이냐고, 잘난 척해도 괜찮다고 댓글이라도 남길걸, 문자라도 남길걸, 전화라도 해볼걸. 선배가 남긴 그 말은 나를 깊은 구덩이 속으로 집어 삼키는 말이 됐다.

안동에 도착해 행사를 진행하던 오후에야 선배의 부고 소식을 들었다. 나는 생각보다 꽤 침착했다. 눈물도, 화도 나지 않았다. 그리고 또박또박 말했다.

"제가 지금 바로 서울에 가봐야 할 것 같아요."

"네? 갑자기요? 이제 막 행사 시작했는데 무슨 일이세요?"

"장례식에 가야 해서요. 죄송합니다."

누군가가 잡아준 택시를 타고 시외버스터미널을 향해, 터미널에서 다시 서울로, 서울에서 다시 빈소를 향해 가는 내내 언젠가 선배가 불렀던 뮤지컬 <베르테르>의 <발길을 뗄 수 없으면>이라는 넘버가 생각났다.

'내 마음은 납처럼 가라앉는데,

나 그대 차마 떠나려는데,

내 발길이 붙어서, 뗄 수가 없으면.'

그때의 나는 장례식을 잘 모르던 나이였다. 선배가 어렸던 만큼 나는 더 어렸으니까. 가까운 사람을 잃어본 적도, 이렇게 누군갈 갑자기 잃게 된 적도 처음이었다. 그래서 눈두덩이의 화장을 손으로 애써 문지르는 것도, 아침에 뿌린 향수 냄새를 걱정하는 것도, 신고 있는 양말 색깔도 까맣게 잊었다. 서울에 도착해서야 옷을 갈아입어야 하나 잠깐 고민했지만, 그냥 달려갔다. 어차피 선배도 그런 내 모습을 봤다면 어깨를 툭 치며 대충 오라고 했을 게 틀림없다. '언제부터 네가 나한테 예의를 차렸냐'면서.

하늘이 무너지듯 우는 내게 전화기 너머의 엄마는 그만 울라고 했다. 유족분들께 힘이 되어드려야 하는 네가, 그렇게 울면 안 된다고, 마음을 단단히 먹고 잘 다스리라고 했다. 까만

영정 사진 속의 선배를 보면 그대로 무너질 것 같았는데, 정작 나는 생각보다 담담했다. 선배의 병문안을 갈 때마다 마주쳤던 얼굴들이 보였다. 모두가 다 모였는데 선배만 없다. 반가운 얼굴들과 안부를 묻고, 평소처럼 장난도 쳤다. 일상적인 얘기를 나누다가, 그러다가도 다시 선배가 다시 떠올라 흐느꼈다. 내게, 그리고 우리에게 언제나 너무도 크고 거대했던 선배가 떠오른다.

빈소에서 선배를 보내던 마지막 밤에는 선배를 마지막으로 봤던 그날의 모습이 자꾸만 기억났다. 그날 밤이 선배를 만나는 마지막 밤이 될 줄 알았다면 조금만 더 따뜻하게 굴걸. 나쁜 꿈이 다가오지 못하도록 애써 그 밤을 지켜줄걸. 그때 선배에게 괜찮다고, 내가 곁에 있다고 다독거려 주지 못했던 내가 너무 미워서, 무서울 거 없다고 선배를 꽉 안아주지 못한 그날의 내가 너무 후회됐다. 사흘 내내 선배의 마지막을 지키며 진심 어린 마음으로, 뒤늦게 긴 사과를 했다. 더 상냥하게 말하지 못한 것, 제멋대로 잘 지낼 거라고 생각한 것, 엄마가 가져다주라 한 김치를 갖다주지 않은 것, 외로운 선배의 마음을 더 많이 들여다보지 못한 것. 모두 다 정말 미안하다고.

그리고 다짐했다. 나는 누구보다 선배를 선명하게 기억할 거라고. 그 누구보다 날 응원해 줬던 선배를, 꿈꾸는 방법을 알려준 선배를, 희망의 증거로 살아남았던 대단한 선배를, 기죽지 말라는 말로 더 큰 응원을 보내주던 든든한 선배를.

선배가 떠난 이후부터 지금, 이 순간까지, 나는 여전히 선배를 종종 떠올린다. 선배를 알고 지내던 때보다 그를 훨씬 더 많이 생각하고 기억한다. 내가 그 누구보다 공연을 사랑하고, 무대를 사랑하고, 극장을 사랑하는 이 힘은, 어쩌면 선배로부터 온 게 아닐지 의심하기도 한다. 선배의 이루지 못한 남은 꿈을 남겨진 내가 엉겁결에 이어받은 기분이랄까.

선배에게 자랑하고 싶은 게 참 많다. 선배가 즐겨 보던 잡지에 인터뷰가 실렸고, 선배가 좋아하던 제작사와 협업도 했다. 1년에 공연을 200편씩 보던 그보다 훨씬 더 많은 수의 공연을 보기도 한다. 선배가 봤다면 참 좋아했을 만한 창작 작품들도, 감탄이 절로 나오는 멋진 평론들도 참 많은데, 이걸 어쩌나. 이 재밌는 걸 나 혼자 보고 있어서. 이 재밌는 것들을 혼자 다 누리고 있는 내 모습을 보면 선배는 뿌듯해할까, 아님 질투할까? 어떤 쪽이든 좋으니 우리가 다시 만날 수 있다면 좋겠다. 어디선가 우리가 다시 만날 수 있다면, 내가 만난 멋진 세상을 들려줄 테다.

추모는 영어로 cherish memory라고 한다. 단어의 정의를 본 뒤, 마음이 훨씬 가벼워졌다. 추모라는 건, 어쩌면 내가 생각했던 것보다 그리 무거운 게 아닐지도 모른다. 지나간 과거의 순간을 중요하게 기억하고, 소중하게 여기는 것. 그건 꼭 극장에서 겪는 마음과도 같았다. 선배가 그리워 가슴 찢어지게 울던 밤들이 지나고, 나는 이제 더 이상 울지 않는다. 대신 그와의 추억이 담긴 극장을 지날 때마다 종종 그를 생각하고, 그가 이루지 못한 꿈을 기억하고 떠올린다. 가끔은 그의 꿈을 대신 이뤄보고 싶다는 생각도 한다. 그게 내가 선배를 추모하는 방식이고, 내가 선배를 기억하는 방식일 테다.

<킬 미 나우>라는 연극을 좋아한다. 장애와 싸우는 아들, 그리고 그를 보살피는 아버지에 대한 이 이야기는 초연 때부터 나를 울렸던 이야기였지만, 공연을 볼 때마다 매번 다른 감상으로 내게 말을 걸어오는 극이다. 절망의 냄새가 가득한 이야기지만, 동시에 위로와 위안을 건넨달까. 공연을 볼 때마다 나는 주저앉은 마음으로 엉엉 울기도 하고, 또 어떤 날에는 눈물 한 방울 흘리는 일 없이 개운한 마음으로 씩씩하게 자리를 박차고 일어나기도 한다.

어떤 이야기는 그 자체로 위안이 되고 위로가 되기도 한다. 아무리 고도로 발전한 현대 사회라지만 여전히 약으로도, 수술로도 치료할 수 없는 슬픔들이 있다. 아무런 수를 쓸 수 없는 무력한 세상에서 이 아픔을 꽉 안아주고 치유해 주는 극이 있다는 건 참 다행스럽다.

이 글을 쓰고 있던 중 4연으로 다시 돌아온 <킬 미 나우>를 오랜만에 다시 봤다. 공연 시작 전, 극장에서는 이런 멘트가 흘러나왔다.

'충무아트센터는 오늘의 공연이 영원히 기억될 수 있도록 진심을 다하겠습니다.'

오늘도 극장은 여전히 환하고 밝다. 엉엉 울고 싶은 날에도, 마음이 땅속 깊숙이 꺼지는 것만 같은 날에도, 극장은 언제나 늘 그랬던 것처럼 환하게 불을 밝히고 있다. 그 순간이 영원이 될 수 있도록 진심을 다해주는 공간이 있다는 것, 언제라도 나를 기다려 주고 반겨주는 공간이 있다는 게 새삼 참 다행스럽고 고맙다. 극장에 앉아 안타까운 절망을 마주하면서도 웃었다. 연신 눈물이 차오르는데도 이내 곧 환하게 눈물을 닦았다. 그 누구보다 이 세상을 사랑했던 선배를 선연하게 기억한다. 씩씩하고 당찬 관객의 삶을 이제는 내가 이어가겠다는 다짐을 함께 새기면서, 영원의 기억이 가진 이 힘을 믿으며. 기죽지 않고, 이렇게 두 주먹을 불끈 쥐고.

연극·뮤지컬 덕후의 취미생활

산책중~

공부중!

또 파산...

오늘도 황홀(hole)...

오늘도 빠져

어디 좋은 포도 없나...

오늘은 또 어디로 떠나볼까!

애정하는 배우만
한 트럭이지요

2장

맨 끝줄 관객

공연 관람이 건강에 좋은 이유

끼니를 잘 챙겨 먹게 됨
안 먹으면
배에서 천둥번개

적당량의 식사를 하게 됨
너무 많이 먹으면
졸리기 때문

지연 입장을 면하기 위해
유산소 운동을 하게 됨
실외 운동 중
이신가요?

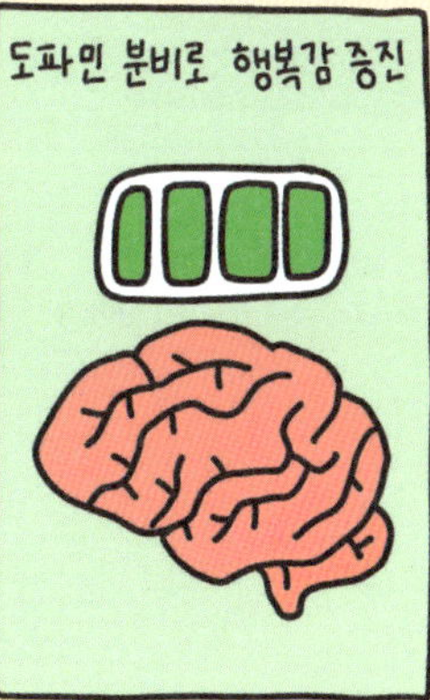

본진이란
점지를 받는 것

최애란 무엇인가?

최애는
내가
정하는 게
아니다.

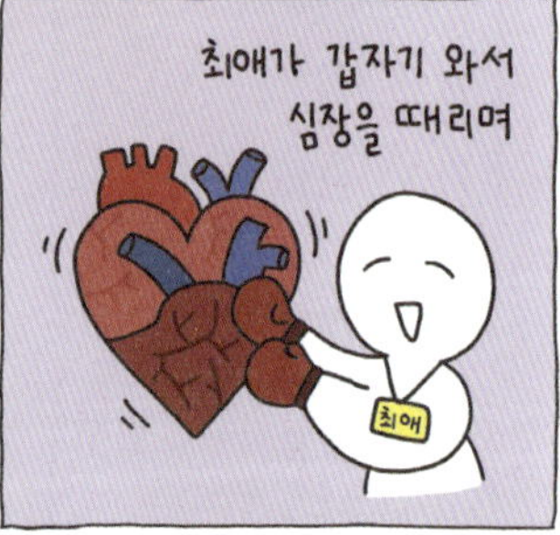
최애가 갑자기 와서
심장을 때리며
최애

오늘부터
내가 네 최애다!
라고
말하는 것이다.

사랑해
사랑한다고

모든 덕질 판에서는 통용되는 진리가 있다. 최애는 내가 정하는 것이 아닌 갑자기 나타나는 것이라는 진리. 그래서일까, 덕질을 한다고 하면 가장 흔히 듣는 질문은 바로 본진에 관한 질문이다. 아이돌이나 연예인, 해외 배우 등 다른 동네에서도 비슷한 표현이 있는진 모르겠지만, 뮤지컬 팬들 사이에선 '본진(자신이 가장 주력해서 덕질하는 작품이나 대상)은 연뮤신(연극 뮤지컬의 신)이 점지해 주는 것이다'라는 우스갯소리가 있을 정도다.

"본진이 누구세요?"

덕질깨나 한다는 친구들을 만날 때마다 곧잘 듣는 질문이다. 특히나 연극, 뮤지컬은 사람을 통해 만들어지는 장르이기 때문에 무대 위 연기하는 배우에 대한 관심은 당연하다. 애정하는 배우의 열정 가득한 새로운 무대를 기다리는 즐거움은 말할 것도 없고, 배우 자체를 향한 관심도 지대하다. 때로는 내가 사모하는 것이 그가 맡았던 극중 캐릭터였는지 아니면 그 배우의 본체인지 종종 헷갈리기도 한다.

특정 배우를 좋아하는 사람들이 여럿 모인 팬덤에 속해 나름의 자부심과 소속감을 느끼기도 한다. 공통된 관심사가 가득한 이들과 함께 본진의 차기작 소식과 감상을 발 빠르게 주고받다 보면 사소한 일상에 어느새 금방 커다란 활력이 차오른다. 적어도 그 안에서는 '언제쯤 철들래?' 같은 공격적인 질문을 하는 사람은 없으니까. 막연한 믿음과 대가 없는 사랑을 퍼주게끔 하는 존재를 두고 같은 마음으로 함께 울고 웃는다.

그 자체로 큰 위로와 위안을 주는 그들을, 우리는 본진이라 부른다.

한번은 <지저스 크라이스트 수퍼스타>를 볼 때였다. 친구들과 함께 세미 막공(마지막 공연의 전 공연)을 보러 갔다. 재밌게 1막을 보고 인터미션이 되어 극장 로비로 나왔는데, 한 친구가 대끔 말했다.

"언니, 나 입덕한 것 같아."

갑자기 한 배우에게 완전히 빠져버렸다는 거다. 자기도 모르는 새 배우에게 모든 시선을 빼앗겼고, 그가 노래할 때는 심장이 정말 떨렸다고. 이어 그 배우가 메인으로 연기하거나 노래하는 장면이 아닌데도 계속 그 배우만 바라본 걸로 보아 아무래도 이건 사랑이 확실한 것 같다며 절실한 사랑 고백을 느닷없이 했다.

* 못사: 특정 배우나 극을 실제 무대에서 '못 본 사람'이라는 뜻

"야, 넌 어쩌다 막공 직전에 덕통사고를 당하냐."

입덕의 순간은 교통사고처럼 불시에 찾아온다. 문제는, 막공은 단 한 회차만 남았고 표는 이미 매진이었다. 이 공연이 또 언제 돌아올지는 미지수다. 다시 돌아오는 시점이 1년 후가 될지, 3년 뒤가 될지, 10년이 될지는 아무도 모르는 일. 우리는 조급해졌다. 혹 빠른 시일 내에 공연이 돌아오더라도, 이 배우가 이 역할을 또 맡으리라는 보장도 없다. 이 배우의 차기작이 무엇인지, 그 배우를 무대 위에서 다시 볼 수 있는 순간이 언제일지 당장으로서는 전혀 모를 일이다.

하는 수 없이 우리는 급하게 백방으로 양도 글을 찾아다녔다. 공연 시작 직전, 뮤지컬 제목처럼 지저스의 은총이 있었던 건지, 표를 기적처럼 구했다. 그날, 그 공연이 끝나고 극장을 나선 친구의 두 눈은 그 어느 때보다 빛났다. 빛나는 친구의 눈동자를 보며 문득 순수하게 무언가를 재지 않고 사랑하고, 아낌없이 표현하고, 좋아하는 이 마음이, 참 귀하고 소중하게 느껴졌다.

하지만 정작 나는 '본진이 누구냐'는 질문에 답하는 일이 늘 어렵다. 분명 좋아하는 배우들이 한 트럭은 되는데도 그렇다.

"저 배우가 물에 빠지면, 나는 그를 위해 내 몸을 던질 수 있는가?"

"저 배우의 공연을 볼 수 없게 된다면, 정말 죽을 것 같은 기분이 드는가?"

"저 배우가 혹시 아프거나 부상을 당하면, 내 심장이 찢어질 것처럼 아픈가?"

누군가 흔하게 던진 질문 하나에 머릿속에는 수십 가지 질문들이 동동 떠오른다. 몽글몽글 피어오르는 생각의 구름들과 씨름하다가, 결국은 고개를 젓는다. 나보다 그를 훨씬 더 사랑하는 사람들이 아주 많다는 걸 잘 아는 데에서 오는 계면쩍은 마음 때문이기도 하고, 본진에 대한 나만의 정의와 기준에 나의 사랑이 그리 부합하지 않는다고 느껴지기 때문이기도 하다. 누구 한 명을 콕 집어 말해놓고는, 나중에 그 마음을 번복하고 싶은 후회가 들까 봐 조심스럽기도 하다.

게다가 본진이나 최애라는 표현은, 그 자체로 왠지 불멸의 사랑을 담고 있는 단어처럼 느껴지기도 한다. 신중하게 대답하고 싶어 여러 고민을 하다 보면, 질문을 던진 이에게 '본진이란 무엇인가' 같은 심연의 질문을 역으로 되묻고 싶어진다. 마치 당숙이 명절을 핑계로 집요하게 취직 계획을 캐물을 때, 그들에게 '당숙이란 무엇인가'라고 대답하고, '추석 때라서 일부러 물어보는 거란다'라고 하거든 '추석이란 무엇인가'라고 물으라던 김영민 칼럼니스트처럼.

하지만 로댕의 <생각하는 사람> 조각상 같은 포즈를 취한 채 '본진이란 무엇인가' 하는 나의 고리타분한 대화를 반길 사람이 많지 않다는 걸 알기에, 발 빠르게 대화의 방향을 트는 편이다. '당신은 본진이 누구인가요?'라며 되묻거나, 요즘 어떤 배우를 눈여겨보고 있느냐고 묻는다. 다행히 사람들은 대부분 자기가 좋아하는 것들에 대해 얘기하길 좋아하고, 나는 그들의 그런 진심을 살펴 듣는 일이 진심으로 즐겁다.

본진을 처음 만났을 때 얘기를 듣는 것도 재밌다. 그냥 객석에 가만히 앉아있었을 뿐인데 누군가 심장에 갑자기 입주했다거나, 어느 날부터 꿈에 나오기 시작했다거나, 고작 노래 한 마디를 들었을 뿐인데 '아, 이 사람이구나!' 싶었다거나, 안 보면 죽을 것 같았다거나, 예수의 제자임을 세 번 부인했던 베드로처럼 부정하고, 부인하고 거부하다가 결국 두 팔 들고 인정했다거나.

본진에게 빠졌던 어느 순간을 회상하는 그들의 눈빛은 영롱하게 빛난다. 그런 빛나는 모습을 볼 때마다 나는 역시 나에게 본진은 아직 없다는 결론에 다다른다. 아아, 나의 사랑은 너무 작고 초라해요.

그래도 여러 배우를 골고루 사랑한다. 과연 내가 감히 사랑이라는 표현을 써도 될까 잠시 고민했지만, 얕고 넓은 모양의 사랑도 사랑이긴 하니까. 예를 들어 홍광호 배우의 공연을 보고 나올 때면 '저 배우의 공연을 보고, 저 배우를 사랑하지 않을 사람이 과연 있을까?' 매번 진지하게 고민한다. 조승우 배우의 연기(특히 <맨 오브 라만차>의 돈 키호테!)를 떠올리면 '저 배우는 정말로, 좋은 배우의 정석이다'라며 유난을 떤다.

가장 먼저 마음을 설레게 했던 뮤지컬 배우를 꼽으라면 류

정한 배우와 김보경 배우를 떠올리고, 근래 가장 열심히 본 배우를 떠올리면 <하데스타운>의 박강현 배우와 김환희 배우가 나란히 떠오른다. 무대 위 김소향 배우와 정욱진 배우의 해맑은 웃음을 보면 나도 모르게 같이 미소를 짓게 되고, 강홍석 배우와 정원영 배우, 정성화 배우의 무대를 보면서 한 번도 배꼽을 잡고 웃지 않은 적이 없다. 무작위로 흘러나오는 음악을 듣다가도 전동석 배우가 부르는 <프랑켄슈타인>의 후회가 나올 때면 그대로 한참 동안 귀 기울여 음악을 듣는다.

아아, 이렇게 좋아하는 배우들을 일일이 다 거론하다 보면 책 한 권쯤이야 거뜬히 쓸 수 있을 것 같은데. 그런데도 나는 이들 중 한 명을 본진이라 꼽기가 매번 영 어렵다.

"언니는 마음의 방이 지금도 자금성만큼 많잖아."

한 친구가 말했다. 얕고 넓게 사랑하는 배우들이 많다는 걸 알고 있는 자의 뾰족한 통찰력이었다. 자금성에는 방이 몇 개가 있을까 검색해 봤다. 9,999칸으로 알려져 있지만, 실제로는 8,707칸이 된다고. 왠지 민망한 기분이 들어 멋쩍게 웃었다.

한편으로는 누군가를 사랑하기엔 더 이상 내가 순수하지 않다는 생각도 든다. 만들어진 이미지와 보이는 겉치레에 더 이상 환상을 품지 않을 만큼 나이를 먹었달까. 어린 시절부터 장르를 바꿔가며 해왔던 덕질의 역사가 내게 그런 뼈저린 교훈을 줬다. 한때 강한 스포트라이트를 받으며 반짝반짝 빛나던 나의 구 오빠들 중에는 온갖 사고와 논란으로 인해 작별을 고

한 케이스들이 종종 있었다. 마음과 추억이 할퀴당하는 경험을 몇 번 하고 나니, 나도 모르게 방어기제가 솟아올랐다. 내가 아는 얼굴이 곧 그들의 진짜 얼굴이라고 확언할 수 없다는 걸 알기에, 나도 모르게 진심을 쏟는 일에는 나름의 거리를 둔다. 그러면서도 진심 어린 마음으로 간절하게 기도한다.

'그대들의 공연을 앞으로도 오래오래 보고 싶어요. 대중의 사랑을 받는 직업인 만큼 제발 사고 치지 말고, 부디 무탈하게만 지내주세요.'

본진이 없다 한들 괜찮다. 본진이 없는 사람도 충분히 행복하게 덕질할 수 있다. 본진 없이도 스토리와 캐릭터만으로도 충분히 재밌는 공연을 만날 수도 있고, 취향이 잘 맞는 극이나 제작사, 음악 스타일이 생길 수도 있다. 시시때때로 변덕부리는 마음에 따라 좌표를 옮겨 가는 것도 즐거운 덕질의 묘미다.

때때로 얕은 마음으로라도 좋아하는 배우가 생기면 언제나 기쁘게 그를 품는다. 어떤 존재는 그 자체로 삶의 곳곳에서 힘을 주기도 하니까. 미련 없이 사랑하고, 아깝지 않게 표현하고, 내 삶의 부피를 더욱 다채롭게 늘리고 행복해질 수 있는 경험은 그 자체로 무척 귀하고, 또 감동적인 법이니까.

오랜 시간 한결같은 기량을 유지하는 배우에게서 삶을 노련하게 살아가는 방법을 배우고, 어린 나이에도 씩씩하게 무대에 오르는 배우에게서는 세상 그 무엇과도 당당히 맞서볼 수 있을 것 같은 용기를 얻는다. 짜증 나고 답답한 세상 속에서,

스트레스를 뻥 뚫어주는 돌파구이자 삶을 살아갈 기동력이 되어준달까. 게다가 관객은 배우의 피(?), 땀, 눈물을 얼마든지 생생하게 마주할 수 있다. 가깝게 맞닿은 무대와 객석 너머로, 열심을 다하는 생의 의지가 너울지며 몰려온다.

덕후는 기꺼이 행복해지기로 선택한 사람들이다. 사랑하는 것들을 통해 기꺼이 다시 나아갈 힘을 충전하는 이들의 행동양식을 그 누가 과연 함부로 판단할 수 있을까. 그저 자기만의 방식으로 진심을 표현하는 이 세상의 모든 덕후들을 존중하는 마음이 더욱 모였으면 좋겠다.

이런 마음을 귀히 여기면서, 각자의 마음을 너무 쉽게 폄하하거나 판단하지 않는 세상이 되길. 누군가의 취향을 들먹이며 별의별 말들을 내뱉는 것만큼 무위하고 가벼운 말들은 없다. 의미 없는 논쟁과 아무짝에도 쓸데없는 대결은 제발 멈추고, 그저 내가 사랑하는 것들에 기꺼이 더 많이 집중하고, 더 깊게 마음을 쏟고, 더 닳도록 그 시간을 즐기기를. 사랑으로 가득한 세상은 무해하고, 귀엽고, 그저 아름답다.

그래도 내심 본진을 향한 순애가 부러운 나는 오늘도 기도한다. 아아, 연뮤신이시여, 그래서 저에게 본진은 언제쯤 점지해 주실 건가요.

본진이 누구세요?

어떤 배우를 제일
좋아하시나요?
본진이 누군지 궁금해요

사실... 그러니까...
저는... 본진이...
딱히 없습니다...

대신 애정배우가
한트럭이나 있어요.

덕후를 향한 일반인의 순박하고 잔혹한 질문

봤던 걸 왜
또 보는거야?

티켓은 아무때나
살 수 있는거 아냐?

대체 그게
뭐가 재밌어?

굿즈는 공연 보면
주는거야?

결국,
밥심으로 본다

우리나라 사람들만큼 밥에 진심인 민족이 있을까. 안부는 '밥은 잘 먹고 다니냐'로, 약속은 '밥 한번 먹자'로 정리된다. '한국인은 밥심으로 산다'는 말이 괜히 생긴 게 아니다. 나 역시 먹는 걸 무척 좋아한다. 출출해지는 밤이면 먹고 싶은 야식 메뉴를 메모장에 한가득 적어놓고 입맛을 다시며 잠들고, 매일 아침이면 오늘은 또 어떤 음식을 먹을까 생각하며 하루를 시작할 만큼 먹는 걸 좋아한다.

그렇다고 해서 삼시 세끼를 잘 챙겨 먹는 편은 아니다. 돈 주고 사 먹는 음식은 언제나 반갑지만, 막상 나 자신을 위해 밥을 짓고 식사를 차리는 일은 왜 그렇게 귀찮게 느껴지는 걸까. 하루 일과가 대부분 들쑥날쑥한 탓도 있다. 배가 고프면 먹고, 귀찮으면 식사를 미루고. 그러다가 건잡을 수 없이 허기가 몰려

오면 그제야 식사를 챙기고. 대체로 그런 식이다.

엉망진창의 식습관이지만(물론 누군가는 배고플 때 먹는 식사가 오히려 건강하다고 주장하기도 한다!), 공연 관람이 있는 날만큼은 예외다. 특히 주말에는 어떤 일이 있어도 꼭 끼니를 챙겨 먹는다. 대부분 주말 낮 공연 시작은 오후 두세 시쯤. 늦잠을 핑계로 끼니를 거르기라도 한다면 늦은 오후까지 공복 상태로 지내야 한다. 객석에서의 배고픔은 생각보다 길고, 또 상상 이상으로 고통스럽다.

뮤지컬 <미세스 다웃파이어>에서 가정부 미세스 다웃파이어가 신나게 요리하는 장면에서 나도 모르게 군침을 뚝뚝 흘릴지도 모르고, 뮤지컬 <매디슨 카운티의 다리>에서 앞치마를 두른 프란체스카가 오븐에서 맛있는 빵을 꺼낼 때 (심지어 정말로 마늘빵 냄새가 객석에 가득 진동한다!) 무대 위로 난입하는 한 마리 짐승이 될지도 모를 일이다.

한번은 대학로의 작은 극장에서 뮤지컬을 볼 때였다. 여느 주말처럼 게으르게 침대에서 한참을 빈둥거리다가, 겨우 일어나 허겁지겁 극장으로 달려갔다. 아무것도 먹지 않아 배가 고프긴 했지만, '어차피 가만히 앉아만 있을 텐데' 하고 대수롭지 않게 넘겼다. 그런데 조명이 꺼진 암전 속 어딘가에서 소리가 들렸다.

"꼬르르르륵."

누군가의 배에서 시작된 그 소리는 전염병처럼 객석 이곳저

곳으로 번지기 시작했다. '아, 이러다 내 배에서도 꼬르륵 소리가 나겠는데?' 그 생각이 들자마자, 내 배꼽도 마치 기다렸다는 듯 커다란 아우성을 터뜨렸다. 휴대전화 전원은 끄면 그만이고, 옆 사람의 대화는 조용히 해달라고 말하면 되지만, 내 몸 안에서 울려대는 이 꼬르륵 소리는 좀처럼 막을 방법이 없었다. 한 번 울기 시작한 꼬르륵 소리는 아무리 어르고 달래도 영원히 멈출 줄을 몰랐다.

'곧 끝나, 진짜 공연 곧 끝나. 제발 조용히 해.'

우리나라는 극장 안에 음식물 반입이 절대적으로 불가다. 뚜껑이 있는 생수를 제외하고는 음료조차 반입되지 않는다. 모두를 위한 관람 예절에 불만을 가졌던 적은 없지만, 이렇게 꼬르륵 소리가 날 때는 왠지 원망스럽다. 왜 우리나라에서는 영국의 웨스트엔드나 미국의 브로드웨이처럼 극장에서 음식을 안 팔까? 대체 왜 음식물 섭취는 불가능한가? 뒤늦은 원망이 배고픔의 크기만큼 샘솟는다.

결국 그날 관극을 완전히 망쳤다. 꼬르륵 소리에 온 신경을 빼앗겨 무엇을 보고, 어떤 이야기를 들었는지 전혀 기억이 나지 않았기 때문이다. 눈물은 흐르는 대로 두고, 웃음은 나오는 대로 드러내도 괜찮지만, 이상하게도 꼬르륵 소리만큼은 왠지 모르게 부끄럽고 창피하고, 왠지 미안하기까지 하다. 그날 이후, 공연 전 식사는 나만의 루틴이 됐다. 좋은 공연을 온전히 감상하기 위한 나와의 작은 약속이다.

가장 많이 먹는 아침 메뉴 중 하나는 사과와 땅콩버터. 식탁 위에는 늘 먹기 좋은 크기로 썰린 사과가 놓여있다. 서른을 훌쩍 넘겼지만, 아직도 칼질이 서툰 딸을 위해 매일 아침 아빠가 준비해 두는 작은 선물이다.

같은 지붕 아래 살지만, 아빠를 마주칠 일은 거의 없다. 평일, 주말 할 것 없이 공연을 보는 나는 대부분 저녁 공연이 끝난 뒤 아빠가 이미 잠든 늦은 시간에 집에 귀가한다. 반대로 평일, 주말 할 것 없이 바삐 일하는 아빠가 출근 준비를 하는 아침은 내가 쿨쿨 잠을 잘 시간이다. 이렇게 엇갈린 시간 속에서 사는 부녀가 서로의 생사를 확인하는 방법은, 아빠의 사과다.

아빠가 깎은 사과는 몇 시간이고 식탁 위에서 얌전히 나를 기다린다. 처음 깎았을 때만 해도 분명 하얗고 탐스럽게 빛났겠지만, 내가 그 사과를 꺼내 먹을 즈음엔 어느새 어두운 노란색으로 변해있다. 왠지 조금 초라하고 볼품없어 보일지라도, 외모가 전부는 아닌 법. 사과 한 조각을 들어 한입 베어 물면, 갈색 표면 아래 가득 머금고 있던 달큼한 과즙이 시원하게 터져 나온다. 땅콩버터를 한 스푼 곁들여 우물우물 씹는다. 텁텁

하고 묵직한 땅콩버터 사이로, 상큼하고 시원한 사과의 맛이 조화롭게 섞인다. 언제 먹어도 질리지 않는 조합이다.

이어선 뭐든 손에 잡히는 대로 먹는다. 머리로는 건강에 좋은 저속 노화 식단을 지향해야 한다는 걸 알지만, 매번 귀찮음을 핑계로 넘겨버린다. 아침에 먹는 공복 사과로 나름의 죄책감을 덜었다는 안도감 때문인지 이후엔 그냥 손에 잡히는 대로 대충 첫 끼를 때운다. 빨갛게 매운 라면이든, 달고 폭신한 케이크든, 대충 데워 먹는 냉동만두든 뭐든 상관없다.

어제는 전날 밤 먹다 남긴 김빠진 콜라와 피자를 먹었다. 말라비틀어진 피자를 우적우적 씹으며 뮤지컬 <마틸다>의 어느 노래 가사를 생각했다.

'어른이 되면, 콜라 실컷 마시고 잠도 늦게 잘 거야!'

어른이 됐다는 감각은 비로소 그런 찰나에나 실감한다.

평소 위장이 꽤 튼튼한 편이고, 자극적인 음식이나 더부룩한 음식을 먹어도 속앓이를 크게 하지 않는 나로서는 관람 전에 아무거나 먹어도 괜찮았다. 매콤한 떡볶이든, 느끼한 파스타든, 기름진 삼겹살이든 이것저것 맛있게 먹었다. 하지만 최근 몇 년간 위장이 노화된 탓인지, 가끔 소화가 잘 안 되거나 부대끼는 기분을 느끼는 때가 잦아지고 있다. 하여 기왕이면 조금은 덜 부담스러운 식사를 택하려고 한다.

친구들과 함께 공연을 보러 갈 땐 식사 메뉴를 그날의 기분 및 사회적 합의에 따라 선택하지만, 혼자 관극을 할 때의 식사 메뉴는 거의 정해져 있다. 가장 많이 선택하는 관극 전 혼밥 메뉴는 김밥.

김밥 한 알에 담긴 여러 빛깔의 색채는 눈으로 보기에도 예쁘다. 다채로운 모습만큼이나 입안에 감도는 맛도 다채롭다. 그냥 볶음밥이 될 수도 있고, 비빔밥이 될 수도 있었던 재료를 가지고 누가 이렇게 김밥을 만들어 먹을 훌륭한 생각을 했을까? 어쩌다 고소하고 담백한 김에 이 다채로운 재료들을 넣어 싸 먹기 시작했을까? 누군가 죽을 때까지 먹을 수 있는 음식을 골라보라고 한다면, 나는 주저 없이 김밥을 고를 만큼 김밥을 사랑한다. 게다가 어떤 극장에 가든, 근처에 김밥집이 꼭 하나쯤 있기 마련이라 나는 매번 반가운 마음으로 김밥을 먹는다. 든든하게 먹고 싶을 땐 돈가스 김밥이나 떡볶이와 곁들여 먹을 치즈 김밥을, 매콤한 게 먹고 싶을 땐 땡초 김밥을, 가볍고 무난한 식사를 하고 싶을 땐 기본 김밥을 주문한다. 그래도 대부분의 선택지는 참치김밥이다. 고소한 마요네즈에 버무려진 참치김밥은, 아마 꼬부랑 할머니가 될 때까지 맛있을 것 같다.

날이 쌀쌀한 계절이거나 감기 기운이 있을 땐 뜨끈한 쌀국수를 먹는다. 대학로 어느 골목에는 김밥 가게보다 쌀국수 가게가 더 많은 걸 보면, 아무래도 쌀국수는 나뿐만 아닌 많은 관객들이 선호하는 메뉴임이 틀림없다. 쌀국수는 면이 얇아서 그런지 조리 시간도 짧은 편이다. 밀가루보다 왠지 더 건강하고 가벼운 기분도 든다. 포슬포슬하게 익은 면을 크게 집어 올려 뜨거운 국물과 후후 불어 한입에 넣으면, 아무리 매서운 추위도 두렵지 않을 것 같은 뜨끈한 온기가 몸 안에 가득 채워진다.

식사를 챙겨 먹기가 애매할 때는 편의점을 들른다. 회사에 다닐 땐 퇴근 시간 때문에, 프리랜서로 일할 땐 계획적이지 못한 나의 스케줄 관리 때문에 매번 저녁 관극 전에는 식사 시간이 애매하다. 극장 가는 일은 왜 이리 늘 빠듯한 건지, 그리고 알약 하나만으로 필요 열량을 섭취할 수 있는 시대는 대체 왜 아직도 도래하지 않은 건지!

공연 관람 직전, 극장 근처의 편의점에는 간단하게 요기를 때우는 사람들이 많다. 삼각김밥이나 샌드위치를 우물우물 씹어 먹는 사람들을 보고 있다 보면 왠지 조금 서러운 기분도 든다. 그래도 밥보다 공연을 택한 건 다른 누구도 아닌 우리의 선택이었으니 애써 서러운 기분을 탈탈 털어내고, 덜 궁상맞아지기로 한다. 삼각김밥이든 핫바든, 비닐 포장을 빠르게 벗기고, 음식을 입안에 급하게 넣은 뒤 빠르게 극장으로 몸을 옮긴다. 아직 배는 조금 덜 찬 것 같지만, 그래도 꼬르륵 소리가 나지 않을 정도로 배를 채웠으니 괜찮다.

공연 관극 전 잘 먹지 않는 음식은 사탕. 입안에서 달콤하게 녹는 사탕은 심심한 입을 달래기에는 참 좋지만, 문제는 그 뒤다. 사탕을 먹으면 가끔씩 배에서 정체를 알 수 없는 희한한 소리가 났다. 배가 아픈 것도, 고픈 것도 아닌데 말이다. 배에서 요상한 소리를 몇 번 듣고 난 뒤 검색을 해보니, 나만 겪는 이야기가 아니었다.

인터넷 정보에 따르면 사탕을 먹을 때 공기를 함께 삼키면, 장의 운동이 활발해져서 가스가 이동하면서 소리가 발생할 수 있다고 한다. 특히, 공복 상태에서 사탕을 먹으면 위장 속에 공기가 더 많이 차서 꼬르륵 소리가 더 크게 날 수 있다고. 이후로는 조용한 객석에서 꼬르륵 소리만큼은 피하고 싶어 의도적으로 사탕을 먹지 않는다. 그래도 이따금씩 불청객처럼 찾아오는 재채기를 줄여주는 특효약은 사탕뿐이라, 가방에는 늘 비상약처럼 사탕을 챙겨 다니긴 한다.

공연 보는 걸 좋아하는 전 직장 동료는 공연 보기 전 절대로 돈가스를 먹지 않는다고 했다. 돈가스를 먹고 공연을 보던 중 갑자기 심한 체기가 올라와 식은땀을 죽죽 흘리고, 공연 관람을 제대로 망쳤다고. 그래서 그 이후로는 아무리 유명한 돈가스 맛집이라 하더라도, 공연 보기 전에는 절대 거들떠보지 않는다고. 또 다른 친구가 기피하는 음식은 마라탕이다. 친구와 함께 뮤지컬 <지저스 크라이스트 수퍼스타>를 보던 어느 날, 추웠던 겨울이라 함께 뜨끈한 마라탕을 맛있게 먹었다. 얼얼하고 고소한 국물이 깊게 밴 팽이버섯을 오물오물 씹어 넘기면서 오늘 공연은 또 얼마나 멋질지 기대하며 식사를 맛있게 마치고 극장에 들어갔다.

"고통과 고난의 지난 시간 이 잔 속에 흘려보내고."

극중에서 지저스와 제자들이 최후의 만찬(The Last Supper)을 나눈 지 얼마 안 된 뒤, 친구는 갑자기 시작된 장 트러블에 모든 걸 포기하고 극장 밖으로 뛰쳐나갔다. 하필 그날은 친구가 좋아하는 배우가 무대에서 그간 한 번도 한 적 없던 옆 돌기를 시전한 날이기도 했는데, 그 이후로도 여태까지 옆 돌기를 보여준 적이 없다. 배우의 처음이자 마지막일지도 모르는 옆 돌기를, 친구는 그놈의 고통과 고난의 마라탕 때문에 놓친 셈이었다. 그날 이후 친구는 관극 전 마라탕이라면 학을 떼고, 아직도 마라탕을 먹을 때마다 그 얘기를 한다. 아쉬움이 가득 묻어난 친구의 얘기를 들을 때면 무대 위 배우들만큼이나 관객의 식습관도 정말 중요하다는 생각이 든다. 부디 다들 자신의 신체 건강을 살펴 무탈한 식사를 챙겨 드시길. 최후의 만찬 때문에 단 한 번뿐인 무대의 즐거움을 놓칠 순 없으니까.

좋아하는 밥집이 극장 근처에 있다면 오히려 관극이 좋은 핑계가 되기도 한다. 좋아하는 음식을 먹으며 재미난 공연을 기다리는 시간만큼 행복한 일이 또 있을까. 그럴 때면 매번 행복이 뭐 별건가, 하는 상투적인 진리를 느끼며 소박한 행복감에 취하게 된다.

공연 관람 후 먹는 식사 역시 또 다른 별미다. 공연을 함께 본 친구가 있다면 식탁 위의 대화는 더욱 풍성하게 북적인다. 물론 사실 그때는 뭘 먹든 최악의 음식이 아닌 이상 크게 상관없기도 하다. 어차피 공연 얘기를 나누느라, 식사에 대한 평가는 늘 뒷전이 되기 때문이다. 그때는 시간에 쫓길 필요 없이 오래 식사할 수 있는 먹거리도 좋다. 예를 들면 매콤한 닭갈비나 즉석 떡볶이 같은 것들. 재료가 푹 익기를 기다리는 동안, 관극 후의 감상을 나눈다. 물론 미쳤다, 찢었다, 재밌었다는 원초적인 감탄사가 대부분이긴 하지만. 먼저 익은 고기나 건더기를 냠냠 골라 먹고, 남은 국물에 밥을 볶아 먹는 긴 식사 동안 할 얘기는 끊이지 않는다. 식탁 위에서 오가는 감탄은 맛있는 식사를 향한 감탄인지, 그날 본 공연에 대한 감탄인지 때때로 헷갈린다.

오늘은 노릇한 버터에 식빵 두 쪽을 바싹 구웠다. 먹음직스럽게 구워진 식빵 한쪽에는 땅콩버터를, 한쪽에는 밤잼을 발랐다. 사과를 얇게 썰어 올리고, 아몬드 우유를 곁들어 먹었다. 평소보다 품이 들어간 토스트를 오물오물 씹어 넘기며 곧 보게 될 공연의 시놉시스를 챙겨 읽었다. 오늘의 식사를 잘 챙겨 먹었으니, 관극도 분명 성공적일 것 같은 기분 좋은 예감이 든다. 이 글을 보는 모두, 건강한 끼니 잘 챙겨 드시길!

웃음도, 눈물도, 집중력도, 기억력도 결국 모든 건 밥심에서 나온다.

연극·뮤지컬 덕후 귀하
시대가 어느 땐데 아직도 이런 약이 개발되지 않은겨?
하여 제가 직접 제조해 봤습니다
맨 끝줄 약국

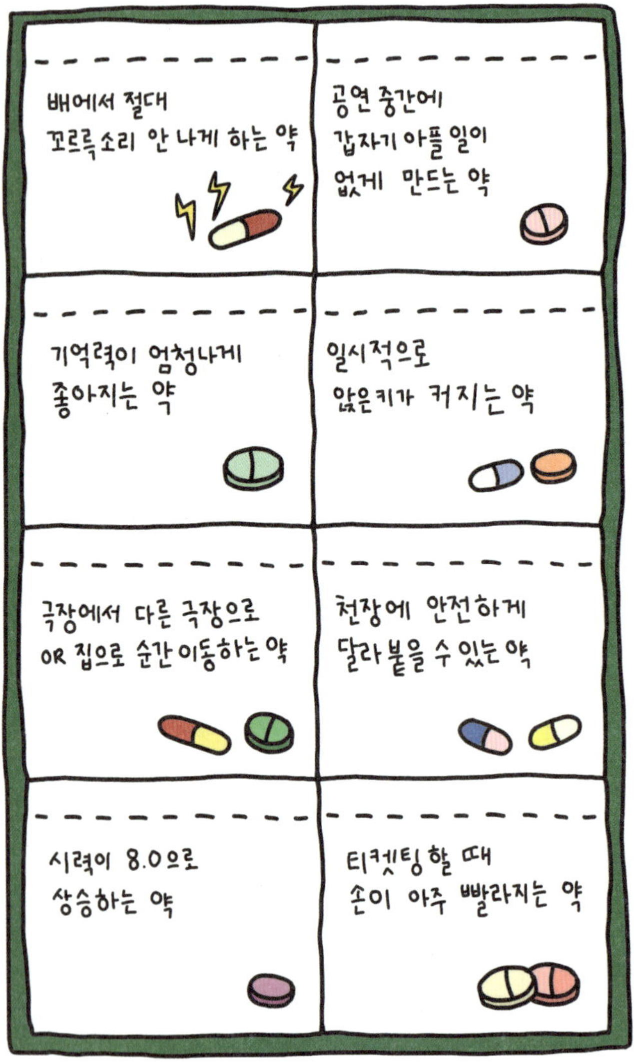

배에서 절대
꼬르륵소리 안 나게 하는 약

공연 중간에
갑자기 아플 일이
없게 만드는 약

기억력이 엄청나게
좋아지는 약

일시적으로
앉은키가 커지는 약

극장에서 다른 극장으로
OR 집으로 순간 이동하는 약

천장에 안전하게
달라붙을 수 있는 약

시력이 8.0으로
상승하는 약

티켓팅할 때
손이 아주 빨라지는 약

님아, 두 시에는 전화를 걸지 마오

오줌이 마려운 것도 아닌데 화장실로 달려간다. 볼일이 급한 사람에게 민폐를 끼치고 싶지는 않아 화장실 칸 밖에서 괜히 제자리걸음을 한다. 초조한 마음으로 휴대전화의 시계만 뚫어져라 쳐다본다. 화장실 안에 들어와서 그런 건가, 아니면 너무 긴장을 한 탓일까. 왠지 갑자기 오줌이 마려운 기분이다.

티켓 예매처 앱을 켜고, 티켓팅을 부탁한 다른 친구들(혹은 용병) 혹은 같은 티켓팅에 참전하는 친구들과 유난스러운 대화를 떤다.

"얘들아, 3분 남았어."

"일단 보이는 거 아무거나 잡아."

"무조건 전진이야 전진."

"어떡해, 심장이 진짜 목구멍으로 튀어나올 것 같아."

"못 잡으면 안 돼. 진짜 입장이라도 꼭 해야 해, 알겠지?"

휴대전화 화면은 왜 초 단위 시간까지 보여주지 않는 건지, 아니면 초까지 보여주는 위젯이 따로 있는 건지 찰나의 궁금증이 오간다. 모바일이 아니라 그냥 노트북으로 할 걸 그랬나 싶은 후회도 든다. 하지만 구시렁거릴 틈도 없다. 남은 시간은 2분 그리고 1분. 티켓 예매처 화면에서 달력을 누르고, 원하는 회차를 누른 뒤 휴대 전화 속 시계가 오후 두 시를 가리키길 기다린다. 5… 4… 3… 2… 1…

재빨리 예매하기 버튼을 누른다. 화면은 하얗게 변한다. 덩달아 내 얼굴도 하얗게 질린다.

당신의 대기 순서는 3,000번입니다.

거짓말, 저는 정각에 입장했는데요?

현재 대기 인원은 20,000명입니다.

그럴 리가요, 뮤지컬 좋아하는 사람이 2만 명이 안 될 텐데요.

새로고침하거나 재접속을 하면 대기 순서가 초기화되어 대기시간이 더 길어진다는 무자비한 경고를 읽는다. 속으론 멱살을 잡고 싸우고 싶지만, 별수 없다. 현실은 휴대폰을 얌전히 쥐고 간절히 내 순서를 기다리는 수밖에. 1초는 천 년처럼 느리게 흐르고, 대기 순서는 아무리 기다려도 줄어들지 않는다.

이 순간만큼은 내가 사는 이 나라가 초고속 인터넷 속도를 자랑하는 IT 인트라 강국이라는 사실을 어쩐지 믿을 수가 없다.

띠리링 띠리링.

그 순간, 거래처로부터 전화가 왔다. 아까만 해도 입 밖으로 튀어나올 것 같던 심장은 고새 바닥으로 추락한다. 하얗게 질려있던 얼굴이 잔뜩 붉어진다. 몇 초의 찰나, 지금 울리는 이 전화를 받든 받지 않든 티켓팅은 이미 망했다는 계산이 끝난다.

"네, 전화 받았습니다."

흥분과 초조, 원망과 실망, 슬픔과 통탄이 뒤섞인 목소리지만, 수화기 너머의 상대가 그걸 눈치챌 리는 없다. 하루는 24시간인데 왜 하필 유독 오후 두 시에만 전화가 걸려 오는 건지. '전화기'라는 이름이 어울리지 않을 만큼 그토록 잠잠하던 휴대 전화는 왜 유독 이 시간에만 자신의 존재감을 펼치는 건지. 자포자기의 심정으로 터덜터덜 자리에 돌아온다.

시간은 어느새 2시 4분. 최종 결제 과정에서 실패당한 티켓들이 아직 남아있을지 모른다. 주변의 눈치를 보며 예매처 화면을 작게 켠다. 이 시간에도 여전히 대기 번호가 남아있다. 패잔병이 된 건 나만의 이야기는 아니구나. 희망을 품고 보안 문자를 서둘러 입력한다. 큰 기대를 한 건 아니지만 역시다. 예매창 너머의 풍경은 가혹할 뿐. 아주 가끔 탐스러운 좌석이 몇 개 남아있을 때가 있지만, 그마저도 '이선좌(이미 선택된 좌석입니다)'의 굴레에 갇힌다. 오늘도 망했다.

혼자 극장에 갔다가 우연히 고등학생 구독자를 만났다. 이전에도 오프라인 모임으로 몇 번 본 적이 있는 사이였던 터라, 얼굴을 보자마자 반갑게 인사했다. '잘 지냈어요?'라는 내 안부 인사는, '맞다, 저 어제 그 티켓팅 성공했어요!'라는 반가운 자랑으로 돌아왔다. 세대 차이가 느껴질 법도 한데, 우리의 대화는 그 모든 간극을 건너뛰며 자연스럽게 흘렀다.

"요즘 학생들은 어떻게 티켓팅을 해요?"

스마트폰이 없던 시절에 학창 시절을 보낸 나는 문득 이들의 덕질 생활이 궁금해 물었다. 친구는 학교 태블릿이나 노트북을 사용한다고 했다. 수업 자료도 PDF나 영상으로 제공되는 경우가 많아 대부분 태블릿을 소지하고 있고, 학교에서 대여해 주기도 한다고.

"수업 시간 중 공부하는 척, 필기하는 척하면서 몰래 티켓팅하는 거죠."

선생님에게 들키지 않기 위해 철저한 포커페이스는 필수고, 소리 없는 아우성은 기본 옵션이라고. 십수 년 전, 교과서 아래에 만화책을 몰래 숨겨두고 딴짓하던 내 모습이 겹쳤다.

하지만 수업은 수업이다 보니 발표 차례가 오거나 필기를 하다 보면 티켓팅 타이밍을 놓치기 일쑤라고 했다. 하필 체육 시간이 겹치면 계획은 물거품이 된다. 태블릿이나 휴대폰, 노트북을 사용할 수 없는 경우 부모님에게 부탁하기도 한다. 이 친구는 중학생 때부터 어머니께 보고 싶은 캐스트와 날짜를 말씀드리고 티켓팅 임무를 맡겼다고 했다. 초 단위 싸움에서 눈물겨운 투쟁을 벌이고 있는 건 누구나 다 똑같다. 직장인은 직장인이라서, 학생은 학생이라서, 학부모는 학부모라서, 각자의 전쟁터에서 눈물 젖은 티켓팅을 한다.

외국은 좌석별, 날짜별, 시야별로 티켓 가격대가 비교적 유연하게 형성되어 있다. 입이 떡 벌어질 만큼 아주 비싼 가격도 있지만, 시야나 공연 일자에 따라 유동적으로 가격이 변동된다. 공연 직전까지도 안 팔린 좌석을 저렴한 가격에 구입할 수 있는 시스템도 갖춰져 있다. 영국 웨스트엔드나 미국 브로드웨이의 경우, 한 역할에 한 배우가 캐스팅되는 것이 일반적이기 때문에, 달력을 펼쳐놓고 내가 보고 싶은 배우의 캐스팅 날짜와 내가 가능한 일정을 일일이 확인할 필요도 없다.

그에 반해 한국에서의 뮤지컬 티켓팅은 고려해야 할 옵션이 많다. 구역에 따라 전 좌석이 동일한 금액으로 형성되기 때문에 같은 가격이라면 기왕이면 전진을 외치게 되고, 선호하는 배우의 일정에 맞춰 내 일정을 조율해야 한다. 주조연할 것 없이 더블, 트리플, 쿼드 캐스팅이 일반적이다 보니 경우의 수는 날로 더 복잡해진다. 게다가 매진 행렬이 자주 있는 인기 공연의 경우, 일찍이 티켓팅을 해두지 않으면 공연을 볼 수조차 없다.

'내가 50일 뒤에도 이 공연을 지금만큼 보고 싶을까?'

'19만 원을 주고 앉는 저 자리가 정말 최선일까?'

'그날 나에게 더 중요한 일이 생기면 어떡하지?'

친구의 결혼식, 갑작스러운 야근, 가족 행사처럼 빠질 수 없는 일이 생기기라도 한다면? 일어나지도 않은 여러 상황을 생각하다 보면 육아와 회사와 덕질, 그 모든 위대한 일을 동시에 해내고 있는 인생의 선배님들께 진심 어린 존경의 박수를 보내게 된다. 한 치 앞도 알 수 없는 이 나약한 인간에게 티켓팅은 거대한 미지의 세계와도 같다. 인생사, 아니 티켓팅 새옹지마!

2021년, 코로나로 인해 객석 간 거리두기 지침이 생겼을 때는 정말이지 매일 울고 싶었다. 동행자 외 좌석 한 칸 띄우기로 시작한 거리두기 지침은 지그재그로 한 칸 띄워 앉는 식으로 바뀌는 지경에 이르렀다. 티켓팅이 가능한 좌석 자체가 확연히 줄었고, 좌석 경쟁은 점점 더 치열해졌다. 관객들은 공연을 지키기 위해 각자 마스크도 열심히 쓰고, 대화도 나누지 않는데 객석 간 거리두기가 대체 무슨 방역일까? 볼멘소리가 연신 나왔지만, 어쩔 도리가 없었다. 좌석이 반 토막 난 피 튀기는 전쟁터에서 기적처럼 좌석을 구했을 때 그 정복감이란!

하지만 티켓을 구했다고 안도할 수도 없었다. 공연에 출연하는 배우진 중 코로나 확진자가 발생할 경우, 캐스팅이 변경되거나 아예 공연이 취소되기까지 하던 시기였다. 가끔 공연 자체가 연기되기도 했다. 코로나로 인해 공연이 취소될 경우, 그날 공연을 예매한 유료 관객들에게 그들끼리 다시 한번 티켓팅을 할 기회를 줬다.

처음 1층 12열이었던 자리는 2층 6열이 되었다가 어느새 3층 1열이 됐다. 애초에 아무것도 가진 적 없는 것보다, 힘들게 얻은 걸 빼앗기는 기분이 더 아프지 않던가. 공연이 취소되거나 사라질 때마다 매번 허탈하고 좌절했다. 매일 밤 간절하게 기도했다.

'내 티켓이 무용지물이 되지 않도록, 제발 이 공연이 무사히

지켜지게 해주세요.'

어쩌다 탈 없이 살아남은 공연을 보러 가는 날이면 그 어느 때보다 소중한 기분으로 공연을 봤다. 게다가 좌석 간 거리두기 덕분에 객석의 시야는 시원하고 쾌적했다(그렇게 무대가 선명하고 시원하게 보였던 적은 또 없었다!). 하지만 함성도, 환호도 보낼 수가 없어 조용히 뜨겁게 손뼉만 쳐야 하는 상황은 왠지 영 외로웠다. 아아, 가장 원망스러웠지만 가장 쾌적했고! 가장 쾌적했지만 가장 외로웠던 모순적이었던 그때여!

티켓팅에 성공하는 비결? 미안하지만 나는 말할 수가 없다. 나만 티켓팅에 성공하고 싶은 욕심에 꿀팁을 비밀리에 부치려는 것이 아니라, 정말 몰라서 모른다고 말할 수밖에 없다. 그걸 알았더라면 이렇게 매일 울고 있진 않겠지. 오히려 묻고 싶다. 대체 티켓팅은 어떻게 해야 잘하는 건가요? 무수히 많은 티켓팅에 참전했지만, 전투력은 영 상승할 기미가 없다. 항상 내 자리가 있을지 걱정하고, 다닥다닥 네모난 자리가 가득 찬 창을 여닫기를 반복하고, 하나라도 전진할 수 있을 거라는 희망을 반복할 뿐.

어쩌다 좋은 자리를 구하게 되면 이 자리를 정말 내 손으로 구한 걸까 어안이 벙벙해지기도 한다. 티켓팅은 어쩌면 관객의 숙명, 아니 인간의 숙명일지도 모른다. 삶은 노력만으로도 해결되지 않는 것들이 있기 마련이니까. 열심히 최선을 다하다 보면 어느 날 운이 깃들기도 하고, 열심히 최선을 다했음에도 아쉬운 패배감을 맛볼 수도 있다. 그러니 그저 행복의 순간을 잔뜩 즐기고, 패배의 감정을 재빨리 털어내는 수밖에. 어차피 그 순간은 영원하지 않고, 또 다른 기회는 곧 찾아올 테다.

티켓팅은 소개팅과도 비슷하다. 첫눈에 맘에 드는 상대를 만날 리는 없겠지만, 그래도 혹시나 하는 마음으로 자리에 나가보는 것. 잘 안될 관계라는 걸 전제로 깔면서도, 동시에 이번에는 잘 될지도 모른다는 희망을 갖고 나가는 것. 그러다 보면 내 마음에 쏙 드는 기적 같은 만남이 이뤄지기도 하고, 반대로 괜한 시간 낭비라는 기분이 들기도 한다. 그래도 욕심을 낮추면 내 자리 하나는 얻기 마련이고, 연이은 경험을 통해 나름의 교훈과 배움을 얻기도 한다.

즉 티켓팅은, 좌석을 향한 희망과 좌절을 동시에 품고 임하는 모순된 의식이다. 그 행위의 결과 값 역시 언제나 희망과 좌절을 동시에 동반한다. 그에 반해 티켓팅이 너무 쉬운 공연도 많다. 어떤 공연은 자리가 없어서 못 보는데, 어떤 공연은 파리만 날린다. 이것 역시 소개팅으로 비유하기에 제법 적절한 듯 싶다.

뭐 어쨌든, 풍월을 읊는 서당 개의 심정으로 티켓팅에 임하는 기본적인 것들에 대해 적어본다면…

티켓팅의 기본은 로그인이다. 여러 기기와 서버로 접속하다 보니 로그인이 풀리는 경우가 은근히 잦다. 가장 기본을 잘 챙겨야 하는 법. 로그인 후 예매 직전까지 미리 예습해 보는 것도 필요하다. 사이트별로 티켓팅에 접근하는 방법이 다르다 보니 내가 원하는 공연이 아니더라도 일종의 직감을 키우기 위해 자주 티켓팅을 해보는 것도 도움이 된다. 영문으로 된 보안 문자를 빠르게 입력하기 위해 한영 패드를 미리 바꿔두는 것, 불청객처럼 등장하는 팝업을 미리 확인하는 것, 휴대 전화로 참전 중이라면 잠시 방해금지 모드나 집중 모드로 바꿔 전화가 오는 걸 방지하는 것도 좋겠다.

모든 싸움은 초 단위로 결정된다. 그래도 방심은 금물. 끝날 때까지 끝은 아니기 때문이다. 결제에 실패한 표들이 마법처럼 등장하기도 하고, 표를 쥐고 있던 주인들이 선심 쓰듯 표를 취소하기도 한다. 그러니 티켓팅 전쟁이 끝난 후에도 경건하고 애달픈 마음으로 열심히 폐허가 된 예매 창을 기웃거릴 수밖에. 인터넷에 티켓 양도 글이 자주 올라오긴 하지만, 간절한 덕후의 마음을 가지고 사기를 치는 경우가 왕왕 있으니 유의할 필요가 있다.

'에, 이렇게 좋은 좌석이 2연석으로 남아있다고? 이 커플 아주 심하게 싸웠나 본데?'

가끔 공연 직전에 아주 좋은 좌석이 갑자기 등장하기도 한다. 말도 안 되게 좋은 좌석을 볼 때면 아침 드라마의 작가가 되어 여러 시나리오를 쓰게 된다. 이삭 줍는 여인들의 자세로, 떨어진 보리 이삭을 줍듯 아름다운 좌석을 소중히 주워 담으면서.

앞서 말했지만, 티켓팅을 도와주는 친구는 주로 용병이라고 부른다. 전략이 없고, 기술이 없다면, 머릿수로 이기는 수밖에. 꼭 연극, 뮤지컬을 좋아하는 친구들에게만 부탁할 필요는 없다. 배구, 축구, 야구, 아이돌… 세상에는 다양한 장르가 존재하고, 우리는 서로 돕고 도움받는 존재가 될 수 있다. 뮤지컬이 오후 두 시를 꿰차고 있다면 아이돌 콘서트는 여덟 시에 티켓팅을 하는 것이 일반적이다. 어차피 각자의 밥그릇 때문에 싸울 일은 없다.

티켓팅을 망치고 나면 온갖 허탈감이 몰려온다. 손가락의 쓸모를 의심하게 되고, 형편없는 실력에 꺼이꺼이 울고만 싶어진다. 절규와 비명, 탄식과 한숨만이 밀려오지만, 그렇다고 해서 절망만 하고 있을 순 없다. 다시 현실 세계로 돌아와 생을 살아내야 한다. 진이 다 빠졌지만, 그래도 남은 현생을 살아내야만 이 마법 같은 순간을 누릴 수가 있으니까! 빈손으로 돌아오든, 기세등등한 얼굴로 전리품을 들고 들어오든, 그 심정의 근간은 어쨌든 생의 의지로 이어진다. 그러니 오후 두 시만 되면 자리를 비우는 누군가가 있다면, 너무 그를 찾지 마시길. 다시 돌아온 그는 티켓팅의 결과 값을 책임지기 위해 그 누구보다 부지런히, 열심히 일할 테니까.

티켓 잡고
오겠습니다
어떤 상황에서도
멘탈을 보호해 줄
강철투구
원하는 좌석을
포획하는 전투력
빠르게 전장을
살피는 시력
보안 문자를 실수없이
입력하는 손가락
티켓팅 시간을
어떻게든
사수하는 방패
끊임 없이 대기하고,
지칠 때까지 산책하는 끈기

함께,
또 따로

"혼자 오셨어요?"

식당에서는 자주 듣는 질문이지만, 극장에서는 아무도 그런 말을 하지 않는다. 극장은 혼자여도, 친구나 연인, 부모와 함께여도 누구 하나 이상하게 여기지 않는 곳이기 때문이다. 어쩌면 '머글(특정 문화에 크게 관심이 많지 않은 일반인을 지칭하는 말)'과 '덕후'를 나누는 기준은 곧 '혼자 공연을 보느냐 아니냐'일지도 모른다. 누군가에게 공연은 특별한 날에만 즐기는 이벤트일 수 있지만, 또 누군가에게는 일상을 채우는 삶의 영역이 되기도 한다. 후자에 속한 나로서는, 혼자 관극하는 쪽이 훨씬 더 편하고, 자연스럽다.

이게 그렇게 재밌는 거라고?
뮤지컬 처음 보는데 너무 기대돼.
저 배우가 그렇게 잘 한다고?
처음 보는데 너무 설렌당
진짜 착하게 살게요.
오늘 제발 세상에서
가장 멋진 공연이 펼쳐지게 해주세요.

혼자 공연을 보는 것은 분명한 장점이 있다. 함께 온 이의 반응에 신경 쓸 필요도 없고, 공연 직후 나누는 잡담으로 공연의 감동을 날려 보낼 일도 없다. 공연이 남긴 여운을 나만의 속도로 천천히 곱씹을 때면, 마치 등장인물들과 속 깊은 대화를 나눈 것처럼 풍성한 기분이 든다.

자유로운 일정 조정도 큰 장점이다. 밥 한 끼 함께 먹는 것조차 시간 맞추기가 힘든 친구들과 공연 시간과 캐스팅, 좌석 위치까지 두루두루 조율해야 하는 공연을 함께 본다는 것은 그리 쉬운 일이 아니다. 친구들과 공연 관람을 모색해 보려다가도, 여러 복잡한 계산에 지쳐 결국은 혼자서 극장을 찾게 된다.

언제든 내 맘대로 공연을 볼 수 있다는 것, 온전히 나만의 감각으로 공연을 즐길 수 있다는 점에서 혼자만의 공연 관람을 좋아라 하는 나지만, 그래도 때로는 친구들과 함께 서로의 감상을 나누곤 한다. 멋진 것을 함께 봤다는 점에서 반갑고, 같은 것을 보고도 서로 다른 것을 느꼈다는 점에서 새롭다. 이들은 이미 흘러가 사라진 것들을 함께 추억할 수 있다는 점에서 존재 자체만으로 귀하다. 각자의 시선과 세상을 나누다 보면 퍼즐 게임을 하는 것처럼 어느새 거대한 즐거움이 겹겹 이어진다.

내게는 몇 명의 뮤지컬 메이트들이 있다. '언제 한번 같이 공연 보자'는 말을 자주 주고받곤 하지만, 사실 그건 한국인에게 '밥 한번 먹자' 같은 인사치레의 말이다. 대신 우리는 따로 약속을 잡지 않더라도, 알아서 각자의 끼니를 챙겨 먹듯 꼬박꼬박 공연을 챙겨 보고, 별다른 약속 없이도 우연히 반갑게 극장에서 만난다. 공연이 끝난 후에는 시시콜콜 수다를 떤다. 사람의 시선과 취향은 제각기 달라서 같은 공연을 봐도 전혀 다른 감상을 하기도 한다. 가끔씩 친구들의 후기를 듣다 보면 같은 걸 보고도 이렇게까지 다른 생각을 할 수 있다는 게 매번 놀랍고 재밌다.

"그 공연? 슬픈 구석이 있긴 했지만 그렇게까지 슬프지는 않았어. 언니는 뭐가 그렇게 슬펐는데?"

한 친구가 어떤 공연의 감상평을 말했다. 친구가 슬픈 감정을 크게 느끼지 못했다는 그 공연은 근래 내가 가장 오열을 하면서 본 뮤지컬이었다. 나는 뼈찜을 파는 식당 한구석에서 뼈에 붙은 살코기를 발라내며 말했다.

"그 둘은 처음 본 지 얼마 안 된 사이잖아. 처음 만난 사이인데도 춥지는 않은지, 무서운 건 없는지 진심을 담아 물어보는 대사에서 그 캐릭터의 따뜻함이 유독 선명하게 느껴지는 거야. 누군가 외롭고 힘들 때, 나도 그런 친절함을 표현할 수 있을까 싶어서 내가 다 감동스럽더라고. 그 둘은 서로에게 처음 만나는 그 순간부터 정말 큰 힘이 되어주는 우정이었는데, 결국 얼마 안 돼서 이별하게 되잖아. 그 장면에서 나는…"

결국 고기를 뜯던 젓가락을 내려놓고 차오르는 눈물을 휴지로 닦았다. 내 이야기에 몰입해서 듣던 친구 역시 어느 순간 눈물이 핑 돌았는지 눈가가 촉촉했다.

"그랬네, 맞아. 그런 대화가 있었지. 그러고 보니까 나는 어떤 부분에서 감동을 받았냐면…"

우리는 눈물 젖은 고기를 먹으며 대화를 이었다. 들여다볼수록 보이는 것들이 있다. 공연의 감동은 나누면 나눌수록 그 깊이와 감동이 더욱 깊고 선명해진다. 어쩌면 끝까지 발견하지 못했을 어떤 지점이, 다른 누군가와 나누는 대화를 통해 뒤늦게 다시 생생하게 밝아져 올 때가 자주 있다.

또 다른 친구 솜은 대학에서 만난 동생이다. 교내에서 연극 소모임을 함께한 우리는, 친근하게 지내긴 했지만 오히려 학교를 졸업하고 인스타툰을 그리면서 부쩍 더 친해졌다.

솜의 어머니와 동생은 뮤지컬을 좋아하는 공연 덕후였다. 솜의 동생은 뮤지컬 의상을 만들고 싶어 의상학과로 진학까지 한 친구였다. 솜은 두 사람에게 '아는 언니가 연극, 뮤지컬 관련 그림을 그리는 계정을 만들었는데, 둘도 좋아할 것 같아'라고 말했다. 그런데 솜의 어머니는 이미 계정을 팔로우해서 살펴보고 계셨다고 했다. 그런 우연을 시작으로 우리는 더 견고하게 친해졌다.

이따금씩 솜의 집에서 모였다. 그 자매가 뮤지컬 <시데레우스>에서 갈릴레오와 케플러가 주고받았을 법한 어투로 초대장을 보내면, 나는 '무엇을 상상하든지 그 이상일' 모임을 기대하며 그 집으로 간다. 그러면 솜은 현관 앞에서 천연덕스럽게 동전이 든 작은 가방을 찰랑찰랑 흔든다. 마치 <하데스타운>의 헤르메스가 기차 티켓 값으로 동전을 받기 위해 기다리는 것처럼.

어머니는 <디어 에반 핸슨>의 하이디 같은 옷차림을 하고, 타코를 만들어 주셨다. 시간에 쫓겨 아들 에반에게 타코를 만들어 주겠다는 약속을 깜빡한 하이디 대신 그 약속을 이뤄주겠다는 마음이었다. 솜의 동생은 에반이 떠오르는 파란색 줄무늬 셔츠를 입고는, 붕대를 둘둘 감은 채 우리를 맞았다. 그 모임에는 솜 모녀뿐 아니라 솜의 친구도 있었다. 지독한 뮤지컬 덕후인 그녀는 모든 넘버의 오케스트라를 입으로 연주할 줄 아는 재능을 가진 사람이었다. 그녀는 <하데스타운>에 나오는 일꾼 같은 멜빵바지를 입고, 의자를 옮기며 나를 반겼다. 나 역시 얄궂은 미소로 이들에게 퀴즈를 냈다.

"오늘 내가 어떤 캐릭터를 코스프레한 건지 맞춰 봐!"

"정답, <젠틀맨스 가이드>의 헨리 다이스퀴스?"

모르는 게 없는 덕후들인 탓에 퀴즈는 매번 싱겁게 끝나지만, 우리의 만남은 늘 시작부터 웃음이 난다. 새빨간 오미자차를 마시며 <드라큘라>의 '피, 신선한 피가! 날 채우리라!'라고 노래를 부르며 깔깔 웃다가도, 이내 곧 안정적인 제작 환경과 건강한 팬덤 문화에 대해 심도 깊은 걱정을 하기도 한다. 이런 얼토당토않은 즐거움부터 심각한 고민까지 건강하고 뾰족한 대화를 나눌 수 있는 친구들이 있어 기쁘고 또 든든하다.

때로는 솜의 친구의 친구의 친구까지 모여 다 함께 오손도손 극장에 앉아 단체 관람을 하기도 하고 솜 없이 솜의 어머니와 단둘이 공연 관람 데이트를 하기도 한다. 솜의 어머니와 공연을 본 어느 날, 솜이 없는데도 우리의 여러 주제를 오가며 대화를 나눴다. 그날 저녁, 어머니는 SNS 계정에 이런 글을 남겨 주셨다.

이 친구가 왜 이리 사랑스럽나 했더니 좋아하는 일을 한다. 덕업일치가 쉽지 않은데 불안할 수도 있는 과감한 선택에 발을 들여놓고 자기도 모르는 생기로움이 뿜어져 얼굴이 빛난다.

좋아하는 일을 직업으로 가지고 즐겁게 하는 것,

할 수 있는 일을 직업으로 삼아서도 좋아하는 일처럼 하는 것.

다른 것 같지만 한 가지 태도에서 나오는 것 아닐까.

좋아하는 어른의 칭찬은 자신감을 준다. 나는 솜의 어머니를 보며 시간이 흐르고, 세월이 지나도 여전히 즐겁게 극장을 찾는 어른의 삶을 구체적으로 그려본다.

함께 보는 즐거움을 알기에 가끔은 오프라인에서 직접 모임을 만들기도 한다. 구독자들이 매일 보내주는 응원과 사랑에 대한 답장이랄까. MBTI 성격 유형 검사에서 외향형 E와 내향형 I가 딱 반반이 나오는 나지만, 유독 외향성의 비율이 높아지는 시기가 찾아올 때가 있다. 그러면 그날의 바이오리듬을 놓치지 않고, 일단 일을 저지르고 본다.

'다음 주에 같이 공연 얘기하실 분? 여기 여기 붙어라!'

그렇게 만든 연말 공연 정산 모임에서는 지난 한 해 동안 나를 울리고 웃겼던 공연을 두고 목이 터져라 토론을 했고, 가장 감명 깊은 장면이나 최고의 배우를 뽑아 우리만의 상을 수여하며 지나간 한 해를 돌아봤다.

관극 기록 다이어리 모임에서는 사부작사부작 프로그램 북을 오리고 찢으며 나만의 다이어리를 만들어 보는 시간을 가졌다. 집에 있는 마스킹테이프와 각종 스티커, 가위와 풀, 프로그램 북과 색연필, 사인펜 등 이런저런 준비물을 챙기느라 캐리어 하나를 통째로 들고 가야 했다.

한번은 공연과 관련된 독서 모임을 진행하기도 했다. 한 권의 책을 릴레이로 돌아가며 읽는 방식이었는데, 각자의 밑줄과 메모를 일부러 켜켜이 쌓아가며 읽는 독서 모임이었다.

'지금 앤드루 웨이드 로버에 관한 챕터를 읽고 있는 저의 추천 곡은 <캣츠>의 메모리입니다. 여러분도 들어주세요.'

앞선 주자가 남긴 귀여운 메모를 읽으며 바로 노래를 재생했다. 같은 책을 각자 또 따로 읽고 만나는 경험은 그 자체로 이미 단란해진 듯한 묘한 기분을 선사했다.

잊을 수 없는 또 다른 모임은 2024년 6월 1일에 있었다. 굳이 날짜를 정확히 기억하는 이유는, 이날이 뮤지컬 <레 미제라블> 속 장 발장의 죄수 번호 '24601'과 완벽하게 일치하는! 100

년에 한 번 오는! 유일한 날이었기 때문이다. 그 특별한 날짜를 기념하기 위해 <레 미제라블> 콘셉트로 파티를 열었다. 드레스코드로 프랑스 국기처럼 파랑, 하양, 빨강으로 맞춰 입고 올 것을 제안했다. 각자 먹고 싶은 음식을 준비해 마치 장 발장이 된 듯 음식들을 서로 훔쳐 먹고, 애달픈 사랑을 하는 에포닌으로 빙의해 좋아하는 배우 이상형 월드컵을 열고, 지칠 때면 판틴이 되어 돗자리를 깔고 누워 하릴없이 멍 때리는 시간도 가질 계획이었다. 마피아 게임 룰을 응용한 '장 발장 게임', '코제트의 청소 타임' 등 프로그램을 알차게 계획했다. 하지만 현실은? 종일 덕후들의 수다를 떠느라 계획했던 활동을 절반도 채 하지 못했다. 그래도 해가 지는 줄도 모르고 떠들던 그날의 대화는 꼭 한여름 밤의 꿈처럼 달콤하게 흘렀다.

요즘은 '맥베스 모임'이라는 글쓰기 모임을 운영하고 있다. 직업도, 나이도, 성별도 제각각이지만, 공연을 좋아한다는 한 가지 공통점으로 모인 사람들이다. 매일 아침 30분 동안 무의식 글쓰기로 하루를 시작한다. 표면적으로는 각자의 글쓰기를 통해 창조적 영감을 얻는 모임이지만, 공통분모가 워낙 공연으로 맞닿아 있는 이들이다 보니 우리가 나누는 대화는 언제나 공연 중심적이다. 각자에게 공연은 어떤 의미인지 진지하게 써보기도 하고, 잠이 몰려오는 점심시간이면 오늘의 뮤지컬 추천곡을 단란하게 나누기도 한다. 굿즈나 티켓 나눔을 하거나 쏠쏠한 정보를 빠르게 공유하기도 한다. 가끔 멤버들과 함께 단체 관람을 하기도 하는데, 다들 공연을 너무 좋아하는 나머지 별다른 단관 일정을 잡지 않아도 자연스럽게 극장에서 종종 마주치곤 한다. 각자의 일정으로 찾아간 극장에서 우연스럽게 반가운 얼굴을 만날 때, 우리는 '역시 맥베쓰는 어떤 극장에나 있다!'라며 반갑게 얼싸안는다. 각자 또 함께하는 이 느슨한 연대는 언제나 반갑고, 또 즐겁다.

언젠가 훗날에는 1막과 2막을 따로 나눠서 본 뒤 서로 감상을 나누는 '반반 모임' 같은 걸 열어보고 싶고, 극 중 배경지로 함께 여행하는 뮤지컬 로케이션 투어도 떠나고 싶다. 뮤지컬 <렌트>를 테마로 한 미국 여행이나 뮤지컬 <맘마미아>를 테마로 한 그리스 여행도 얼마나 재밌을까. 분홍색, 초록색 파자마를 입은 채 도란도란 함께 이불을 덮고 <위키드> 영화를 보는 걸스 나잇이라든가, 여름이 되면 뮤지컬 보는 크리스천 수련회를 만들어 함께 <지저스 크라이스트 수퍼스타>에 대해 얘기하는 모임을 만들어 봐도 재밌을 것 같다. 단체 티도 만들고, 캠프파이어도 하고… 이거 벌써 재밌겠는걸?

갑작스레 계획에 없던 퇴사를 했다. 일하는 즐거움과 성취감이 가득한 행복한 회사 생활이었지만, 운수 좋은 날이 365일일 수는 없는 법. 내가 잘못한 일이 아닌데도 자존감이 깎이고, 의지가 꺾이고, 믿었던 동료들에게 상처받는 날들이 잇따랐다. 어느 날엔 화장실로 달려가 눈물을 쏟기도 하고, 머리끝부터 발끝까지 식은땀이 나기도 했다. 가빠진 숨을 쉬며 하루를 겨우겨우 버티던 나에게 위안이 되어준 건, 얼굴 한 번 본 적 없는 사람들이 남긴 댓글과 응원의 말들이었다.

"비니 님, 콘텐츠가 너무 유쾌해요! 웃음을 주셔서 고마워요. 덕분에 오늘도 재밌게 웃고 갑니다."

"좋아하는 것에 대해 이렇게 열정을 내비칠 수 있다는 것 자체가 너무 멋져요."

퇴근 후면 랜선 친구들이 건네준 댓글과 응원의 말들을 살피며 마음을 가다듬었다. 회사에서의 어려움을 티 한 번 낸 적 없었는데도, 그런 내 상태를 어찌 알았는지 유난히 따뜻하고 다정한 말들이 밤마다 나를 찾아왔다. 아니면 마음이 워낙 닳고 해져있던 터라 선하고 따뜻한 댓글들이 유독 더 따뜻하게 느껴졌는지도 모르겠다.

배우 유태오는 한 인터뷰(《배우의 방》, 정시우)에서 '누군가가 나를 인정해 주면 그곳이 울타리가 되죠'라고 말했다. 밤이면 밤마다 캡처해 둔 고마운 말들을 여러 번 읽으며 자존감을 채우고, 의지를 다지고, 상처받은 마음을 토닥였다. 나를 인정해 주는 사람들이 있는 이 든든한 울타리가 있어서, 덕분에 이곳으로 여러 밤 도망치고, 여러 날 기운을 차렸다.

사주팔자에는 전혀 관심이 없었지만, 사주를 좋아하는 친구가 재미삼아 사주를 봐줬던 적이 있다. 사주 결과를 보고 깜짝 놀랐다. 다리를 쉽게 다치는 팔자라고 했고(실제로 다리 때문에 입원을 두 번 했다), 주변의 도움으로 어려움을 잘 극복하고 순탄한 삶을 살아가는 사주라고도 했다. 특히 어떤 힘든 일이 있어도 주변의 도움이 많은 사주라고.

하지만 아무리 머리를 굴려봐도 '귀인'으로 분류될 만한 인연은 떠오르지 않았다. 주변 지인들에게 사주 이야기를 해주며 해마다 도움을 가장 많이 준 귀인을 찾아 시상하는 귀인 어워즈를 열 테니 분발해 보라는 말도 했다. '대체 어디에 귀인이 있다는 거람' 하고 툴툴대고 있던 찰나, 문득 휴대폰 너머에 있는 존재들이 생각났다. 마음이 무너질 때마다 찾아와 따뜻한 사랑을 채워 넣어주는 바로 그 사람들.

보잘것없는 한 사람의 이야기에 귀 기울여 주고, 기꺼이 좋아요 버튼을 누르며 응원을 보내주는 이 사람들이야말로 나의 귀인이 아닐까 싶은 생각이 퍼뜩 들었다. 눈에 보이지 않는 사람들이라고 해서 그들이 존재하지 않는 것은 아니니까.

뮤지컬 <에비타>에서는 주변에서 자신을 미워하는 정치가들을 두려워하는 후안 페론이 나온다. 겁먹은 후안에게 에비타는 말한다.

'(그런 사람들은) 기껏해야 겨우 스무 명, 수백만이 당신 편이죠.'

가끔 악성 댓글이나 논리 없는 비난에 아파하느라, 더 많은 사람들이 조용히 묵묵하게 나를 향한 응원과 사랑을 보내주고 있음을 자주 까먹곤 한다. 힘들고 어려운 마음이 들 때마다, 기꺼이 힘이 되어주는 모니터 너머의 무수한 이 귀인들을.

이 귀인들의 사랑을 기억하며 나 역시 이 공간을 언제든 찾아오고 싶은 공간으로 잘 꾸려나가야겠다는 다짐을 챙겨본다. 내가 받았던 응원의 에너지를 잘 간직해 두었다가, 나 역시 누군가에게 그 응원을 되돌려 전하고 싶다는 그런 마음. 보잘것없는 이 공간을 즐겨 찾아와 주신 만큼, 나 역시 언제나 다정함과 즐거움이 차곡차곡 담긴 이야기로 그들을 맞이하고 싶다.

그런 마음 덕분인지 기분 좋은 바람이 불어오는 날이면, 자꾸만 랜선 친구들과 얼굴을 보고 떠들고 싶어진다. 우리를 위로한 대사를 함께 곱씹고, 우리를 울렸던 노랫말에 귀 기울이며 반갑게, 또 따뜻하게 얼굴을 마주하고 싶다.

저의 귀인이 되어주신
LADIES &
GENTLEMEN!
그리고 또
이런저런 그런
모든 당신들!
V.I.P
모두 고맙습니다.
이 페이지를
보고 계신
당신께도요-!

혼자 찾아간 극장이라 하더라도, 우리는 결국 모두 함께다. 홀로 사는

인생이지만, 우리는 결국 모두 함께 더불어 살아간다. 내가 받았던 어느 날의 위로가 계속 전염될 수 있기를 바라며, 오늘도 부단히 그리고, 또 떠든다.

귀인 어워즈는 언젠가 꼭 열어볼 예정이다. 그러니 분더비니를 향한 더 많은 사랑과 관심 계속 분발해 주시길.

덕질은 템빨

엄마는 취미가 많은 사람이었다. 출근 전 자녀들의 학교에 찾아와 1교시 시작 전 짧은 조회 시간 동안 동화책을 소리 내어 읽었다. '책 읽는 엄마들의 모임' 소속 회원이었기 때문이었다. 그런가 하면 퇴근 후에는 소파에 앉아 이불이나 쿠션에 누비질을 했다. 놀이터에서 신나게 노느라 바지 밑단에 모래가 가득한 내게 잔소리를 하는 엄마의 손에는 늘 바늘이나 실이 들려있었다. 나무를 태워 그림을 그리는 취미도 있었다. 엄마가 그린 빨간 머리 앤 그림이 집 안 곳곳에 40여 점은 넘게 있을 거다. 운동에도 관심이 많아서 수영과 서핑, 달리기에 아직도 종종 시간을 보내곤 한다.

다양한 취미를 갖고 있으면서도 뭘 하나 하면 끝장을 보는 엄마 덕분에 집에는 없는 물건이 없다. 집 안 곳곳에는 그림을 그리기 위해 모아둔 나무 합판과 물감이 있고, 뜨거운 햇빛을 뚫고 자유롭게 파도를 가를 수 있는 오리발과 서핑 슈트도 있다. 누군가의 트렁크를 보면 그 사람이 어떤 사람인지 금세 알 수 있다던데, 나는 아무리 엄마의 공간을 들여다봐도 엄마가 어떤 사람인지 여전히 잘 모르겠다.

하지만 동시에 엄마는 청소, 정리, 정돈의 신이다. 맥시멀리스트임에도 본인의 물건이 존재감을 펼치지 못하도록 야무지게 정리하는 방법을 안다. 하지만 나는 안타깝게도 그런 엄마의 정리력을 물려받지 못했다. 엄마가 갠 빨래와 내가 갠 빨래는 모습부터 다르다. 내가 갠 빨래는 힘을 잃고 무너지는 모래성처럼 아슬아슬한 데 반해, 엄마의 빨래는 단단한 벽돌처럼 견고하게 쌓인다. 엄마의 물건들은 잘 정돈된 정원의 나무들처럼 어디에서나 차곡차곡 단정한 각도를 유지할 때, 내 물건들은 길가의 잡초처럼 여기저기에 널브러져 있다. 정리정돈의 기준이 평균보다 월등히 높은 엄마는 (내 기준에는 이미 충분히 깨끗한) 내 방에 들어올 때마다 말한다.

"무당 집이 따로 없네."

엄마는 무당 집 입구에도 가본 적이 없으면서도 꼭 그 소리를 한다. 내 방에는 여행지에서 사고 모은 빛바랜 엽서와 사진들이 몇 개 붙어있고, 다 읽지 못한 책들이 무더기로 꽂혀있는 책장이 있다. 책장 위에는 여기저기서 모은 말 인형(내가 가장 좋아하는 동물은 말이다!)과 친구가 그려준 말 그림, 작은 무드

등, 캔버스에 인쇄된 오드리 햅번의 사진과 동양화풍으로 직접 그린 튤립 캔버스가 진열돼 있다. 그중에서도 엄마가 가장 시선을 오래 두는 섹션은 커다란 화이트보드 자석판.

자석을 모으게 된 최초의 시점은 기억나지 않는다. 처음 유럽으로 배낭여행을 갔을 때부터였나, 아니면 누군가 선물을 해줘서 모으기 시작했던가. 하나둘 모으기 시작한 것이 지금까지 쭉 이어졌다. 내가 자석을 모은다는 사실을 아는 주변 친구들은 자기들이 여행을 다녀올 때마다 자석을 선물해 줬다. 히말라야산맥 위 고산 지대를 지나 부탄에서 날아온 코끼리 자석, 각국의 전통 의상을 입은 인형 자석, 유명한 화가의 그림이 담긴 퍼즐 자석… 자석을 팔지 않는 여행지는 세상 어디에도 없었다. 나는 친구들이 손에 자석을 쥐여줄 때마다 뭉클한 기분이 들었다. 바쁜 여행의 순간에서 나를 떠올려 준 마음이 고맙기도 했고, 수천만 리 너머에 있던 그 마음이 손에 오롯하게 잡히는 물성이 된다는 점도 좋았다. 눈에 보이지 않는 자기장이 거대한 사랑의 힘처럼 느껴지기도 했다.

자석을 모으기 시작한 이후로는 공연장에 갈 때에도 자석을 꼭 사기 시작했다. 자석을 모으기 전에는 주로 프로그램 북을 모았었다. 이 멋진 순간을 누가 만들었는지 그 상세한 내용을 알고 싶었기 때문이었다. 하지만 책장 하나를 프로그램 북으로 가득 채우고 난 뒤에야, 나는 내가 실은 활자를 자주 들여다보지 않는 사람이라는 걸 알게 됐다. 아끼는 공연의 프로그램

북만 몇 권 남겨두고, 나머지는 친구들에게 주거나 미련 없이 버렸다.

자석은 티셔츠나 텀블러 같은 실용적인 아이템은 아니다. 하지만 자리를 많이 차지하지 않는다는 점, 작고 귀여운 디자인 하나로 공연의 감동을 추억할 수 있다는 점, 게다가 공연이든 여행이든 내가 어디에 가든 흔하게 구할 수 있다는 점에서 맘에 들었다. 그렇게 모은 자석들은 책상 위에 올려둘 수 있는 작은 화이트보드 크기에서, 좀 더 커다란 판으로, 회사에서 쓸 법한 커다란 화이트보드 크기에서 이제는 내 키의 절반이 넘는 크기만 한 사이즈로 훌쩍 커졌다. 자석을 붙여두는 판이 커지면 커질수록, 나의 세상도 넓어지는 것 같아서 왠지 흐뭇한 기분이 들었다.

처음 자석을 사 모을 땐 무조건 예쁘고 독특한 디자인으로 골랐는데, 이제는 못생기고 투박한 자석도 무척 좋아한다. 못생기면 못생길수록 그냥 웃음이 나와서 오히려 더 좋다.

대한민국 뮤지컬 시장에서 MD(상품) 판매는 공연 못지않은 큰 비중을 차지한다. 배지, 자석, 포토 북, 프로그램 북, 대본집, 엽서, 키링, 손수건 등 종류도 실로 화려하고 다양하다. 워낙 예쁘고 다양한 제품이 많다보니 공연 첫날부터 MD가 완판되어 품절되는 경우도 많다. MD를 향한 인기가 많아질수록 다양한 상품 시도도 늘어나고 있다. 뮤지컬 <베르테르>에서는 꽃집과 협업해 종이 꽃다발을 판매하기도 했고, 여러 극장에서는 공연 콘셉트의 포토부스를 설치해 관객이 특별한 관람 인증 사진을 찍을 수 있게 하기도 한다. 뮤지컬 콘셉트에 맞춘 다양한 MD가 등장할 때마다 공연의 여운을 남기는 또 다른 문화가 생겨나는 것 같아서 기쁘다.

웨스트엔드에 공연을 보러 갔을 때, MD를 향한 기대와 호기심이 가득이었다. 하지만 웨스트엔드의 MD 부스는 지나치게 조용하고 단출했다. MD를 사겠다고 달려가는 사람도 없고, MD 판매 부스 자체가 눈에 띄지 않는 경우가 많았다. 진열대 안에는 머그컵, 마그넷, 핀버튼 정도가 전부였고, 디자인도 기본적인 포스터 디자인에 그쳤다. 뮤지컬 로고가 하나 덜렁 박혀있거나, 포스터 이미지를 그대로 인쇄한 종이 마그넷이 다였다.

그렇다고 해서 가격이 저렴한 것도 아니었다. 평범하고 투박한 MD를 보며 한 번 실망하고, 합리적이지 못한 가격에 두 번 실망했다. 그런데도 수집 대마왕으로서는 구매를 안 하려야 안 할 수가 없었다. 결국 모든 극장에서 마그넷이나 핀 버튼을 하나씩 모셔왔다. 한국에 돌아와 모아온 MD들을 진열했다. 투박하고 촌스럽더라도, 그 안에는 웨스트엔드에서의 추억들이 반짝반짝 빛나고 있었다. 가방 가득 묵직하게 쌓인 자석 MD들을 매만지며 생각했다. 어쩌면 MD는 '뭐가 됐든, 다 사야지'의 준말일지도.

엄마는 내가 매사 피로하고 힘이 없는 이유가 방구석에 붙어있는 자석들이 내 힘을 야금야금 훔쳐 먹기 때문이라고 주장했다. 그 바람에 자석 판은 방 밖으로 쫓겨났다(사실 내 방에 두기엔 지나치게 크기가 커져버렸기 때문이기도 하지만). 이제 내 키만큼 가득 찬 자석 판은 집 문을 열면 가장 먼저 시선이 닿는 널찍한 공간에 두었다. 여느 박물관의 진귀한 보물처럼 은은한 조명까지 내리쬐는 곳이다. 집에 놀러 온 손님들은 매번 '이거 하나 훔쳐 가도 모르겠다'라며 짓궂은 시늉을 하고, 나는 그때마다 괜한 긴장감을 숨긴 채 잽싸게 대화의 화두를 바꾼다.

뮤지컬 덕질을 하면서 떼려야 뗄 수 없는 아이템이 있다면 역시 오페라글라스다(이를 줄여 '오글'이라고 부른다). 대극장 공연일수록 객석과 무대의 거리가 멀기 때문에 오페라글라스 없이는 배우를 피아 식별하는 일조차 영 어렵다. 특히 원체 난시가 심하고 렌즈나 안경을 잘 쓰지 않는 나에겐 이 아이템은 선택이 아닌 필수다.

대극장에서는 오페라글라스를 대여할 수 있는데 극장에 따라 미리 예약을 하는 경우도 있고, 공연 전 현장에서 선착순으로 대여를 하기도 한다. 평소 뮤지컬을 자주 보는 편이 아니라면 극장 내 대여 시스템을 이용해 편리하게 오페라글라스를 사용해도 좋겠지만, 소장용 오페라글라스를 구매하는 가격과 대여료로 사용하는 돈이 비등할 때는 오페라글라스를 구매하는 선택도 나쁘지 않다.

나는 국내산 오페라글라스 제품을 몇 년째 쓰고 있다. 당시에 배송비를 아끼기 위해서 그랬는지, 1+1 이벤트가 있었던 건지는 몰라도 종종 관극을 함께하던 친구와 함께 오페라글라스를 샀다.

원래 두 눈보다 훨씬 더 또렷하게 세상을 볼 수 있게 해주는 아이템이 생긴 후로는 공연이 없는 날에도 가방에 여유 공간이 있다면 오페라글라스를 챙겨 들고 나가는 습관이 생겼다. 언제 어디서 갑자기 공연을 보게 될지도 모르니까, 공연을 보러 갔는데 사랑하는 배우들을 면봉 같은 크기로 보고 싶지는 않으니까.

오페라글라스는 그 종류도 많다. 가성비 아이템도 많고, 소문난 아이템도 많은데, 모든 제품을 다 써본 것은 아니라서 하나를 추천하기는 어렵다. 각자의 지갑 상황과 활용도를 고려해 여러 제품을 비교하고 살펴보며 각자에게 필요한 최선의 선택을 하는 수밖에.

한번은 정동 극장에서 공연을 볼 때였다. 공연 직전, 가방에서 오페라글라스를 꺼냈는데 갑자기 망원경의 부품 하나가 빠지는 사고가 발생했다. 왼쪽 렌즈가 완전히 안 보이는 상황이 됐다. 나는 궁예가 된 듯 왼눈을 감고, 오른눈을 렌즈에 갖다 대고는 열심히 공연을 봤다. 이참에 새로운 제품을 사볼까 싶어 각종 판매 사이트를 두리번거렸지만, A/S를 맡긴 뒤 멀쩡하고 튼튼해진 모습으로 돌아와 아직까지 무탈하다.

그에 반해 친구는 뮤지컬보다 무대가 좁고 가까운 연극을 주로 보기 때문에 사실 오페라글라스를 쓸 일이 많이 없다고 했다. 그래서 나는 부모님을 모시고 뮤지컬을 보러갈 때 친구의 오페라글라스를 빌렸다. 그리고 그 뒤에 곧장 또 다른 친구와 공연을 보러 갈 일이 있어서 그의 오페라글라스를 반납 않고 또 빌리고, 또 그 뒤에 동생과 공연을 보러 갈 때 또 쓰고, 그리고 그러다가…

"너 오글 있어? 나 두 개 있는데 하나 더 가져갈까?"

어쩌다 보니, 친구가 오페라글라스를 이용한 횟수보다 내가 친구의 오페라글라스를 대여한 횟수가 몇 배가 더 넘는 지경에 이르렀다. 그런 나를 본 친구는 누구라도 오페라글라스를 야무지게 사용했으면 됐다며 넉살 좋게 말했다. 그래서 나는 마더 테레사가 된 것 같은 마음으로 친구들의 윤택한 관극을 계속 도왔다. 친구가 산 오페라글라스로, 칭찬은 내가 받으면서. 친구가 다시 제 오페라글라스를 가져간 뒤로는 다시 그에게 오페라글라스를 빌리고 있지 않다. 다시 또 대여를 하게 된다면, 다음엔 분명 기약 없이 그의 오페라글라스를 '홀라당' 가져버릴 것만 같은 묘한 기분이 들어서다.

친구가 자기 오페라글라스를 되찾아간 이후 비상용 오페라글라스가 없어 자애로움을 펼치지 못하고 있던 찰나였다. 때마침 함께 협업을 했던 극장 관계자와 오페라글라스 제조사

담당자님들로부터 감사의 의미로 여러 번 오페라글라스를 선물 받게 되었다. 뮤지컬 덕질에 있어 이만큼 멋진 아이템이 없다는 걸 누구보다 잘 알기에 기회가 생길 때마다 구독자 이벤트를 열어 무료로 선물을 보내드리고 남은 하나는 비상용으로 간직해 두었다. 콩 한 쪽도 나눠 먹는 세상, 눈알을 뽑아줄 순 없지만 좋은 걸 더 또렷하게 보고 싶은 마음은 기꺼이 나눌 수 있을 테니까.

"어쩌지, 나 오페라글라스 안 가져왔는데."

"나 가방에 여분 하나 더 있어!"

평소처럼 친구와 같이 공연을 보러 가던 어느 날, 오페라글라스가 없다는 친구의 말에 비상용으로 간직하고 있던 여분의 아이템을 꺼내 건넸다. 그런데 친구는 내가 건넨 오페라글라스를 보며 화들짝 놀랐다.

"너, 이거 훔쳐온 거니? 너, 장 발장이니?"

극장 관계자님께 선물로 받은 오페라글라스의 한 귀퉁이에 극장 이름이 적혀있었기 때문이었다. 주저 없이 저런 말을 내뱉는 친구들의 말을 들으며 대체 친구들의 머릿속의 나는 어떤 모습인 걸까 잠시 생각했다. 어이가 없으면서도, 와중에 도둑에 대한 비유로 <레 미제라블>의 장 발장을 먼저 떠올리는 덕후 친구들이 웃겨서 낄낄 웃었다.

또 한번은 대극장 뮤지컬을 3층에서 볼 때였다. 가파른 극장 꼭대기에서 공연을 보는데 무대가 정말 멀고 높아서 오페라글라스 없이는 정말 아무것도 보이는 게 없었다. 1막 내내 오페라글라스를 눈에 꼭 붙이고, 배우들의 바쁜 동선을 따라가며 공연을 봤다. 그러다 문득, 바로 옆자리 관객이 그 어떤 아이템도 없이 맨눈으로 공연을 보고 있다는 걸 알게 됐다. 때마침 가방 속에는 비상용 오페라글라스가 잠자고 있었다. 오지랖이 들끓었지만 동시에 소심한 마음이 솟구쳐 올랐다. 여러 번 시뮬레이션을 돌렸다. 만약 내가 오페라글라스가 없을 때 옆 자리 관객이 자기 것을 빌려준다면 세상 큰 행복을 선물 받은 기분이 들 것 같았다. 인터미션이 되자마자 자신 있게 가방 속 오페라글라스를 꺼내 전했다. 나란히 한 뼘 더 가까워진 2막의 세상은 왠지 더 재밌고, 신나는 기분이었다.

작게 반짝이는 어떤 순간이 소중히 차곡차곡 쌓여간다. 좋아하는 것들을 함께 더 잘 보고 싶은 마음, 좋아하는 것들을 오래도록 기억하고 싶은 마음. 그런 마음으로, 오늘도 나는 가방 속에 오페라글라스 하나를 챙겨 가고, 자석 하나를 챙겨 온다. 또렷하고 선명한 추억이, 작게 반짝이는 어떤 순간이 소중히 차곡차곡 쌓여간다.

이들은 왜 매일 공연을 보는가?
공연을 본다
공연이 마음에 드는가?
예
아니오
또 본다
다른 공연을 본다
헤어나올수없는
무한굴레 ∞

연극·뮤지컬 덕후의 가방

TICKET
어차피 많은
물이 필요하진
않기 때문에
제일 작은
사이즈의
텀블러로
물을 챙긴다.
재관람 할인을 받을 경우, 증빙티켓 필수!
할인 못 받으면 서러우니까.
근데 바로바로 정리하지 않으면
가방이 곧 티켓무덤이 돼…
재채기가 나올 땐
레몬사탕이지!
극장은 아주 건조하기 때문에
인공눈물을 꼭 넣어준다.
안경도 중요!!!!!!!
선명하고 또렷한 관극을 위해
아이템 필요 없는
시력좋은 덕후들이
제일 부러워요
TISSUE
눈물콧물이 흐를 때
나를 지켜주는 미니 티슈
대극장 공연 볼 때
필수 아이템 오페라글라스
표정까지 생생하게 볼 수 있음

어느 관객의 다짐

마로니에 공원
= MARRONNIER
마로니에 공원에는 마로니에 나무가 몇 그루나 있을까?
비만 안 오면 천국
혜화
조그만 놀이터도 있음
은근히 자리 경쟁이 치열한 벤치
3월 말~6월 초, 9월 중~10월 말의 마로니에를 가장 좋아함
산책 나온 강아지
예매 하셨어요?
넹…
주전부리 + 산책 = 행복
예술은 삶을 예술보다 더 흥미롭게 하는 것
버스킹 하는 사람들과 그걸 듣는 사람들
가끔은 마술쇼도
밤에 불 들어오는 의자들

같은 해, 같은 계절에 태어나 같은 띠와 별자리를 부여받은 네 명의 친구들이 있다. 지나치게 돈독하고 서로를 애틋하게 잘 챙기는 관계는 썩 아니지만, 그래도 가끔씩 모여 서로의 생일을 축하하고, 진심으로 서로의 일상을 응원하는 시간을 갖는다. 그건 어쩌면 우리 다섯이 매일 똑같은 '오늘의 운세'와 '행운의 순간'을 점지받기 때문인지도 모른다. 아무리 멀리 떨어져 있어도, 각자의 운세와 행운을 응원하고 말아야 하는 동병상련의 우정이랄까.

가끔은 각자의 일상을 바쁘게 수행해 내는 우리가 과연 얼마나 닮은 하루, 다른 하루를 보낼지 궁금하다. 친구들이 보낸 하루와 그 감정의 일교차가 과연 나의 것과 얼마나 비슷하고, 닮아있을지 실시간으로 들여다보고 싶달까.

그중 K는 나와 가장 비슷한 부분이 많은 친구였다. 학위를 따놓고도 다시 학교에 돌아가 전공을 바꾼 나처럼, K 역시 원래의 전공을 버리고, 연극을 하겠다는 이유로 늦깎이 나이에 예술대학교에 다시 진학한 친구였다.

K의 첫인상은 키도, 표정도, 몸짓도 모든 게 다 길쭉한 애였다. 이를테면, '정말?'이라고 되묻을 때 K의 표정은 한쪽 눈썹이 최대한 위로 길게 치켜 올라가면서 동시에 하관의 턱과 입은 아래로 쭉 늘어나는 식이었다. 남들보다 조금 더 길쭉한 표정을 짓는 K의 모습을 볼 때면, 나는 얘가 교포나 유학생은 아닐까? 한동안 의심했다.

하지만 K는 의정부에서 나고 자란 경기도민이었다. K가 나온 고등학교는 한 해의 유행이 담긴 콘셉트 졸업식 사진으로 아주 유명한 곳이다. 매년 인터넷을 뜨겁게 달구는 그 학교 학생들의 졸업사진을 구경하지만, 정작 K의 졸업사진을 본 적은 없다. 하지만 안 봐도 그 애의 졸업사진은 분명 길쭉하고, 또 길쭉할 것이다.

K는 내 친구 중 가장 키가 크다. 아니, 친구들뿐 아니라 지하철을 타거나 거리를 걸으며 무수히 스쳐 지나갔던 이들과 비교해 봐도 K만큼 키가 큰 사람을 본 일은 손에 꼽는다. 그런 K의 별명은 막대기.

한번은 혼자 공연을 보러 갔는데, 로비에 있던 사람의 키가 무척 컸다. 나는 K 말고 그렇게 키가 큰 사람을 본 적이 없어서 '막대기?' 하고 작게 불러보았는데, 아니나 다를까, 그건 정말 K였다.

언젠가 초대권이 생겨 K와 함께 공연을 보러 갔던 적이 있다. 객석과 무대가 아주 가까운 좌석이라 나는 좋아했는데, K의 표정은 그리 밝지 않았다. 자기 때문에 뒷사람들이 무대를 제대로 보지 못할지 걱정했다. 그러고는 늘 그랬던 것처럼 긴 몸을 의자에 욱이듯 구겨 넣었다. 늘 우러러만 봐야 했던 K가 순식간에 아주 작아졌다. 그날 이후 나는 K와 공연을 볼 기회가 없었다. 다만 가끔 키가 큰 관객을 볼 때마다 스치듯 K의 안부가 궁금했다.

'언제나 그렇듯 가장 멋진 무대를 만듭시다.
그게 우리가 세상에 서있는 방법이잖아요.'

이 대사는 K와 내가 한때 좋아했던 연극의 대사다. 우리는 이 대사를 갖고 작고 귀여운 공연을 만들기도 했다. K는 대본 및 연출을 맡았고, 나는 조연출 겸 스태프 일을 도맡았다. 우리는 주로 혜화에 있는 대학로 예술극장 로비에 있는 카페에서 회의를 했다. 철골 구조가 그대로 드러나 있는 극장을 보며 '리모델링 공사가 덜 끝났나 보다' 생각했다. 그게 다 공사가 완료된 건물이라는 건 한참 뒤에나 알았지만.

하루만 공연하는 작은 공연이었음에도, 나와 K는 정말 많이 다퉜다. 대사와 조명, 의상과 소품, 캐릭터와 동선 등 어느 것 하나 마음이 맞는 것이 없었다. 나는 언성이 높고 짜증이 많았지만, K는 고민하는 대신 움직이고, 티격태격 싸우는 대신 뚝딱뚝딱 방법을 찾아내는 사람이었다. K의 노력 덕분에 공연은 무사히 올랐고, 나는 그날 이후 K와 조금 서먹해진 듯한 기분을 느꼈다.

이후로 가끔 K는 여러 번 학교 공연을 올렸다. 나는 K가 공연을 올리는 동안, 한 번도 K의 공연에 찾아간 적이 없었다. 집에서 다소 거리가 먼 안산까지 찾아갈 엄두가 나지 않았기 때문이기도 했고, 더 핑계를 대자면 K가 공연을 보러 오라고 적극 권유한 적도 없기 때문이었다. 대신 멀리서 나처럼 어린 친구들 사이에서 만학도의 삶을 살아가는 K를 조용히 응원할 뿐이었다.

나는 K의 공연을 찾아간 적이 한 번도 없었는데, K는 내가 한 연극의 배우로 섰을 때 공연을 보기 위해 선뜻 달려와 줬다. 작은 책방을 잠깐 빌려 무대로 만든 공간이었다. K는 내가 인스타그램에 올린 공연 소식을 보고 그 먼 거리를 달려왔다. 공연이 끝난 뒤, 나는 K가 공연을 보러 올 것이란 걸 전혀 예상하지 못했던 터라 극장 밖에서 낯익은 K의 얼굴을 보고 다소 놀랐다. 그날도 분명 길쭉한 몸을 구기고 있었을 K는 내게 작은 쪽지를 건넸다.

'언젠가 내 공연에도 배우로 나와줘.'

나는 언젠가 K가 아주아주 잘나가는 배우들과 공연을 하는 날, 그 쪽지를 눈앞에 들이밀고 말겠다는 마음으로 그 쪽지를 소중히 주머니에 넣었다.

평소처럼 연극, 뮤지컬과 관련된 후기 카툰을 그리던 어느 날, 한국문화예술위원회로부터 연락이 왔다. 아르코 예술 극장과 대학로 예술 극장의 연간 프로그램이 담긴 출력 광고물을 제작하는데 그 광고에 들어갈 그림을 그려달라는 의뢰였다. 두 극장은 대학생 시절부터 K를 비롯한 다른 친구들과의 추억이 가득한 극장인지라 나는 기쁜 마음으로 그 제안을 수락했다.

그림은 기획 단계부터 제작까지 전적으로 창작자인 나에게 달려있었다. 어떤 그림을 그리면 좋을까 고민하다가, 극장이 주는 의미에 주목해 보기로 했다. 광고가 실리는 곳은 마로니에 공원으로 향하는 혜화역 2번 출구 바로 앞 공간과 극장들이 골목마다 즐비한 대학로 예술 극장 외벽이었다. 공연을 사랑하는 사람들이 많이 오가는 곳인 만큼, 누가 봐도 공감할 수 있는 이야기를 담고 싶었다. 게다가 아르코 예술 극장과 대학로 예술 극장은 연극, 오페라, 다원, 뮤지컬 등 다양한 장르의 공연을 소개하는 곳이었다. 나는 형형색색 다채로운 이야기를 들려주는 '극장'에 주목하고 싶었다. 한 해 동안 쉼 없이 불을 밝히는 극장이 있다는 것, 웃고 싶을 땐 깔깔 나를 웃겨주고, 울고 싶을 땐 그저 말없이 나를 울도록 만들어 주는 그런 공간이 있다는 것에 주목해 아래와 같은 광고 그림을 제작했다.

광고가 실린 후, 대학로를 갈 때마다 마음이 묘했다. 10여 년 전의 내가 열심히 드나들던 공간에 내 그림이 실렸다는 사실이 벅차기도 하고, 한편으로는 퍽 당연하게 느껴지기도 했다. 마치 연극부 교실 문을 처음 열었던 중학생 시절의 나처럼, 기쁜 마음과 사뭇 의연한 마음 그 중간 어디쯤의 기분이었다. 그 무엇보다 그때나 지금이나 여전히 내가 사랑하고 드나드는 공간의 의미를 담을 수 있다는 점에서 뿌듯한 작업이 됐다.

칠흑같이 새카만
어둠 속에서도

천천히
따뜻하게
불을 밝히는 곳

언제나 따뜻하게 맞이해 주는
나의 극장이 있어서

오늘도, 참 다행이야!
TICKET

펑펑
울고
싶을 때

깔깔
웃고
싶을 때
아이고 내
배꼽

작은 위로를
얻고 싶을 때
토닥토닥

그럴 때
나는
극장으로
간다.

열심히 희곡을 쓰고, 연극을 꿈꾸던 K는 그해, 신춘문예에 당선됐다. 대학로에서는 신춘문예 희곡 당선 작가들의 작품을 갖고 무대화하는 연극 축제가 열렸다. 골목 곳곳에 <신춘문예 페스티벌>이라는 글자가 크게 찍힌 포스터가 걸렸다. 나의 그림이 걸린 대학로 예술 극장 옆에도 그 포스터가 있었다. 포스터 안에는 길쭉하게 웃고 있는 연극인으로서의 K와 그의 길쭉한 당선작 제목이 걸려있었다. 나는 그의 포스터와 나의 포스터가 나란히 걸린 대학로 골목을 지나며 묘한 기분을 느꼈다.

K는 거의 처음으로, 자신의 공연을 보러 오라며 연락을 줬다. K의 작품이 오르는 극장은 과거 우리가 처음이자 마지막으로 둘이서 함께 공연을 봤던 극장이었다. 나는 그때처럼 어디선가 잔뜩 몸을 웅크린 채 공연을 보고 있을 K를 생각하며 그가 써 내려간 낱말이 호흡이 되고, 무대가 되는 순간을 향해 길고 긴 박수를 보냈다.

공연이 끝난 뒤 K와 악수를 했다. 그 찰나의 악수에는 여러 개의 묘한 동지애 같은 게 있었다. 무대 위 순간을 사랑하던 아이들이 자라 여전히 그 세상에서 살고 있는 점에서 건네는 반가움이기도 했고, 밥 벌어먹기 힘든 이 세상에서 아직도 먹고 살 방도를 헤매는 철없는 우리를 향한 가엾은 마음이기도 했고, 그럼에도 여전히 꿈꾸는 사람들끼리만 주고받을 수 있는 해맑은 다짐 같기도 했다. 그리고 그 무엇보다 같은 운세를 가진 서로를 응원하는 일종의 미신 같은 바람이 두둑이 담겨있었다. 그날, 나는 일기장에 K의 이야기에 쫑긋 귀 기울이는 관객이 되리라는 다짐을 빼곡히 써 내려갔다.

그런 다짐은 사실 K를 향한 것만은 아니다. 그 다짐을 아예 공식적으로 선포한 적도 있다. C를 처음 만난 건 한국문화예술교육진흥원의 예비 문화예술 교육 기획자 양성 과정에서였다. 주관하는 곳도, 프로그램의 이름도 무척이나 길었던 이 연수는 문화예술 관련 진로를 고민하는 전국의 대학생과 대학원생을 대상으로 한 연수 프로그램이었다. 미술, 음악, 연극 등 다양하게 나뉜 장르 중 나와 C가 가장 관심을 가진 분야는 단연 연극이었다.

C는 고등학교 때부터 대학까지 연극 영화과를 전공한 예술가였다. 우리는 연극을 좋아한다는 점 외에도 공통점이 많았다. 떡볶이나 김밥을 우물우물 씹으며 아주 실없고 우스운 대화를 한다는 점, 매사 까불거린다는 점, 그러다가도 그 누구보다 자기 할 일을 척척 야무지게 해내는 똑 부러진 구석이 있다는 것, 문제가 생길 때면 책을 통해 해답을 찾으려고 한다는 점, 이따금씩 '연극의 역할은 무엇인가?', '연극의 쓸모는 어디에 있는가?' 같은 애늙은이 같은 어려운 고민을 한다는 점, 그리고 연극을 향한 애정과 회의를 동시에 품고 있다는 점에서 그랬다.

함께 연수받으며 우리는 빠르게 가까워졌다. 무더운 여름,

지역 예술가와 주민들이 함께하는 마을 극장을 찾아 공동체와 문화예술의 의미를 진지하게 고민하기도 하고, 연극을 통한 문화 예술 교육을 기획하며 한 뼘 더 나은 세상을 만들겠다는 비장한 꿈을 꾸기도 했다.

C는 연극을 좋아했지만, 또 동시에 싫어했다. 책상에서 배우는 학문적인 연극이 아니라, 돈을 벌고 쓰는 상업 예술이 아니라, 진짜 세상을 바꾸는 예술에 대해 늘 고민했기 때문이었다. C는 '연극하기 정말 싫다!'라고 입버릇처럼 말했지만, 나는 C만큼 연극을 사랑하는 친구를 본 적이 없어서, 그 애의 투정이 얼마나 큰 진심으로부터 오는 마음인지 얼핏 헤아릴 수 있었다. 원래 사랑은, 깊어질수록 힘든 법이니까.

C가 좋아하는 아티스트 중에는 두아 리파라는 가수가 있었다. 어린 나이에 데뷔해 싱어송라이터, 패션 디자이너, 배우 등 다양한 무대에서 자신의 색채를 뚜렷하게 보여주는 아티스트다. C는 자신도 두아 리파 같은 아티스트가 되고 싶다고 말하며 느닷없이 두아 리파의 춤을 따라 췄다. C는 정말 두아 리파처럼 글도 쓰고, 공부도 잘하고, 배우도 하고, 연출도 할 줄 아는 다재다능한 면모를 가진 친구였다. 하지만 그렇다고 해서 뻔뻔하게, 또 치명적인 표정을 한 채 춤을 추는 C에게 '넌 두아 리파 같은 아티스트가 될 거야'라고 응원을 해주고 싶은 마음은 썩 들지 않았다. 대신 짓궂은 마음으로 '골이 아파'라는 별명을 붙여주었다.

'넌 정말, 사람 골머리를 앓게 해.'

그리고 얼마 뒤 사람 골머리를 아프게 하는 C는 두아 리파가 태어난 런던으로 유학을 떠났다.

워낙 야무진 친구였기 때문에 별걱정은 하지 않았다. C는 그곳에서도 열심히 공부했고, 정해진 유학 기간 동안 최대한의 효율을 내기 위해 열심히 공부하고 부지런히 연구에 매진했다. 그러면서도 세계 각국의 친구들과 함께 우스운 대화를 나눴고, 그 먼 타국에서도 기죽지 않고 까불거렸다. 그러다가도 도서관에 처박혀 여러 서적을 뒤지고, 여러 극장을 찾아다니며 연극의 쓸모에 대해 고민했다.

유학을 마치고 한국에 돌아온 C는 어느 날 대뜸 말했다.

'언니, 나 결혼해.'

그 발언은 C가 준비하고 있는 참여형 연극 퍼포먼스 얘기였다. '평생을 같이하고 싶은 그대를 만났습니다'라는 프로젝트의 이름으로, 10년간 연극을 만나왔던 C가 긴 열애 끝에 신랑 '연극'과 결혼한다는 해프닝적 성격의 퍼포먼스였다. C는 에리카 피셔-리히테 저자의 《수행성의 미학》을 읽던 중 이 프로젝트를 기획했다고 했다. 수행성이란, 말하거나 행하는 행위가 단순한 표현만이 아니라, 그 자체로 현실을 만들어 내는 행위가 된다는 개념이다. 즉 수행성의 미학은 언어가 단순히 정보만을 전달하는 것이 아니라, 어떤 일을 실제로 행하게 하는 행위로 이어진다는 것.

이런 개념을 바탕으로 한 C의 선포는 연극적인 행위이면서도, 동시에 실제 그 다짐을 수행으로 옮기는 공적인 선언이자 맹세였다. C의 이 퍼포먼스는 많은 증인 앞에서 신랑, 신부가 됨을 증명하고 약속하는 결혼식의 수행적 기능에 대해 생각해 보게끔 하는 건 물론, 더 나아가 참여 예술가로서의 삶을 살겠다는 C의 다짐과 포부가 고스란히 담긴 퍼포먼스였다.

C의 퍼포먼스는 일반적인 결혼식과 비슷하게 구성됐다. 신부 대기실에서 대기하고 있는 신부 C. 그리고 정장을 차려 입은 채 등장한 연극 씨. 연극 씨는 인형으로 등장했다. 인형극을 하는 C의 동료는 퍼펫티어가 되어 연극 씨를 연기했고, C의 다른 동료는 사회를 맡아 식을 진행했다. 연극 씨의 시어머니는 브레히트, 시아버지는 아리스토텔레스로, 한국까지의 거리가 멀어 식장에는 방문하지 못했다는 설정이었다. 대신 신랑 측의 혼주 인사는 영상 편지로 갈음했고, C의 실제 부모님은 신부 측의 혼주로서 자리를 빛내셨다. 본인의 결혼식답게, C가 직접 준비한 축무 무대도 있었다. 역시나 골이 아픈 무대였다.

'오십이만 오천육백 분의 귀한 시간들, 어떻게 재요.
일 년의 시간.'

객석의 관객들은 모두 C와 연극 씨의 결혼을 축하하는 하객이었다. 우리는 함께 뮤지컬 <Rent>의 <Seasons of love>를 축가로 부르며 그들의 결혼을 축하했다. 모든 퍼포먼스가 끝난 뒤에는 함께 기념사진을 찍으며 퍼포먼스가 종료됐다.

C는 나에게 그 퍼포먼스에서 축사를 맡아주길 부탁했다. 사랑하는 친구의 결혼식에서 축사를 써주고 싶다는 로망이 있기는 했지만, 그 로망이 이런 퍼포먼스로 실현될 줄은 몰랐다.

연극과 결혼하겠다는 C에게 편지를 쓰면서 기분이 이상했다. 분명 우스운 마음으로 시작한 글이었는데도, 앞으로의 미래를 향한 결연한 다짐을 하는 C에게 어떤 축하와 응원을 건네야 할지 고민이 됐다. 나는 이상한 떨림을 느끼며 작성한 축사를 천천히 읊었다.

연극 씨,

오늘 제 친구가 당신의 옆에서 영원한 미래를 동행하겠다는 거룩한 서약을 합니다.

늘 제 앞에서도 당신 얘기만 했던 이 친구가,

이제 당신과 영원한 사랑을 약속합니다.

폭풍우가 몰려오는 날이든,

함박눈이 내리는 날이든,

이 친구가 당신을 사랑했던 처음 그 마음이 변하지 않도록

연극 씨가 곁에서 커다랗고 든든한 지붕이 되어주세요.

친구야, 나는 너와 연극 씨의 결혼을 응원하고 축복해.
연극 씨와 함께하는 너의 남은 평생이
반듯하게 놓인 객석보다 더 순탄하고
조명 아래의 무대보다 더 반짝반짝 빛나고
받아 적고 싶은 극중 대사보다 더 뭉클하고
무대 위 어떤 배우보다 더 멋지게 활약하길 응원할게.

앞으로 나는 이제 너의 영원한 관객이 될 거야.
너와 연극 씨의 삶을 곁에서 지켜보며
함께 울고 웃고, 박수치고, 환호하고
감탄하고 감동받는 맨 앞줄의 관객으로.
결혼 축하해, 내 친구.

한 친구는 이런 말을 했다. 배우가 없어도 공연은 올라가지만, 관객이 없으면 공연은 올라가지 않는다고. 관객은 분명 이 세상에서 대체 불가능한 유일한 힘을 가진 존재다. 지치고 힘든 삶에 위로를 주는 이 사랑스러운 세상이, 그토록 내가 사랑해왔고, 앞으로도 사랑해 가고 싶은 이 세상이, 더욱 건강하고 건전한 모습으로 나아가기 위해서는 관객의 책임 역시 막중하다.

C를 향한 응원의 메시지를 적다 보니, 어쩐지 나에게도 어떤 진중한 마음이 몰려왔다. 그날, 그 결혼식은 참여 예술가로서

의 C만의 다짐을 새긴 날이 아니었다. C의 하객이자 관객인 나 역시 영원히 C의 관객이 되어 그의 모든 무대를 응원하고 말겠다는 결연한 다짐을 맺는 일이었기 때문이었다.

그건 구체적으로 설명하긴 어렵지만 명확히 존재하는 단단한 물성의 감정이었다. 책임감은 영어로 Responsibility, 말 그대로 응답할 수 있는 능력을 의미한다.

언제나 일방적으로 이야기를 듣고 나오는 관객일 뿐이지만, 듣는 일에서 그저 그치는 수동적인 관객이 되고 싶지는 않다. 그들의 이야기에 반응하고, 응답하며 다시 또 더 나은 세상을 꾸려가는 걸음을 만들어 가는 적극적인 관객이 되고 싶다. 이 세상을 더욱 건강하게 만들어 가는, 이 세상을 그 누구보다 사랑하는 그런 능동적인 관객.

편집자님으로부터 책의 제목이 《맨 끝줄 관객》으로 결정되었다는 소식을 듣고, 그날의 기억이 떠올라 오랜만에 축사를 또박또박 꺼내 읽었다. 다짐과 응원이 섞인 말을 읊으며 어떤 일을 실제로 행하게끔 하는 언어의 강한 힘을 다시금 느낀다.

나는, 함께 울고 웃고, 손뼉 치고, 환호하고, 감탄하고 감동받는 관객이 될 테다.

공연 보고 나와서 하는 일

혼잡해서 못 찍었던
캐스팅보드 사진을
허겁지겁 찍는다.
TODAY'S CAST
눈물 닦으며
극장을 나선다.
까먹지 않기 위해
오늘의 감상을 작성한다.
미쳤다. 미친거야 으악?
멋진 후기 쓰기는..
대개 실패한다.
찍은 사진
수평·수직
정렬한다.
또 운다.
친구들에게 비둘기를 날린다.
꼭 보라고 전해라
망태기에...
추가한다...
티켓을 정리(하는 척) 한다.
오늘 본 배우들의
생년월일 및
역대 필모를 조사한다.
씻다가 문득 애드리브 구간을
뒤늦게 이해하고
크게 웃는다.
ㅋㅋㅋㅋ
음악 들으며 여운을 즐긴다.
+공개된 음원이 해외 버전일 경우 영어공부도 한다.
남는 거
없어요?
다른 표가
또 없을지
기웃거린다.
버릇처럼
극장을 향해
또 간다.
처음으

3장

새장과 하늘, 새는 어떤 걸 택할까?

공연 볼 때 징크스

SOLD OUT
TICKET
매진인데요
돈이 있을 때는
내 자리가 없고

돈과 시간이 모두 있으면
보고 싶은 공연이
영원히 돌아오지
않는다...

서른 날의 다짐

3년째 서른의 끈을 놓지 못했다. 또래보다 학교를 빨리 가서 친구들보다 먼저 서른을 맞이했다가, 또 생년월일에 맞춰 진짜 서른이 되었다가, 또 나라에서 그냥 젊게 살라고 한 번 더 준 만 나이의 기회 덕분에 서른을 연거푸 연장했다. 꼭 '서른_최종', '서른_최최종'을 거쳐 '서른_진짜_최종_final'에 접어든 기분이었다.

그만큼 아홉수도 제곱으로 겪었다. 힘든 사건이 연거푸 찾아와 몸과 마음이 아팠다. 먹구름 같은 생각들은 꼬리에 꼬리를 물고 이어져서 머릿속에서는 자꾸만 비가 내렸다. 그래도 중심을 잃지 않고 씩씩하게 지내고 싶어서, 열심히 매일 스스로를 다독였다. 일기장에 빼곡히 뭐라도 털어내며 감정을 다스리기도 했고, 다이어트 걱정 없이 맛있는 걸 양껏 먹기도 했다. 규칙적으로 산을 탔고, 좋아하는 친구들을 만나 기분 좋은 에너지를 챙기기도 했다.

열심히 나를 돌본다고 돌봤지만, 안간힘을 쓰는 노력과는 별개로 몸은 스트레스를 견디지 못했다. 나도 모르는 새 야금야금 면역력이 바닥으로 떨어져, 하루아침에 회사 가는 출근길에서 쓰러졌다. 심각한 다리 통증으로 걷지 못하는 나를 보고 길가의 행인이 긴급히 구급차를 불렀다. 정신을 잃고 응급실에서 실려 간 뒤에는 조각조각 찢어진 기억들만 어렴풋이 기억난다.

회사로부터 온 부재중 전화에 응답하지 못한 것, 눈을 떴다가 감았다가 했을 뿐인데 시간이 훅훅 흘러갔던 것, 할 수 있는 게 없어 눈물만 뚝뚝 흘리던 것 등등.

정형외과, 내과, 신경과와 심리학과, 산부인과까지 여러 의사가 나를 들추고 짚어보고 살펴봤지만 이렇다 할 이유를 찾지 못했다. 찢어질 것 같은 고통과 계속되는 고열에 결국 입원. 팔뚝에 꽂힌 주삿바늘로 항생제와 진통제 그리고 누군가의 피가 끊임없이 들어왔다. 퍼렇게 멍이 들고 퉁퉁 부은 두 팔을 보며 괜히 나약한 미래를 여러 번 상상했던 밤들이 있었다.

퇴원 후 재활 치료 센터에서는 서있는 방법을 연습시켰다. 누워있는 동안 다리에 있던 근육이 다 빠져서 다리에 힘을 쥐고 걸을 수가 없었기 때문이었다. 그때 처음 알았다. 두 다리로 온전히 서있는 일은 실은 엄청난 근육을 요한다는 걸, 자립(自

立)이란 그 자체로 얼마나 많은 힘을 필요로 하는지.

회사에서는 감사하게도 집에서 근무할 수 있도록 편의를 봐줬고, 코로나19라는 전염병이 만연했던 시기였던 터라 마땅히 밖으로 나가야 할 이유도 많지 않았다. 그렇게 생활 반경은 점차 좁아졌고, 좁아진 만큼 자주 우울해졌다. 정적인 환경은 사람을 정적으로 만든다. 혼자 방구석에서 보내는 시간은 때때로 우울했고, 외로웠다. 감정의 낙차가 유난히 심할 때였다. 그런 내가 불쌍했는지 동생은 생일 선물로 태블릿을 줬다. 필요하다고 느낀 적도, 요구한 적도 없던 선물이었다. '그냥, 누나는 왠지 누구보다 잘 쓸 것 같아서'라는 말로 건넨 동생의 선물은 꽤 오랜 시간 넷플릭스를 보거나 유튜브를 볼 때만 쓰는 용도로만 방치된 채 있었다.

난생처음으로 정체된 시간을 겪은 뒤 처음으로 나를 돌보기 시작했다. 일에 치여 바빴던 삶 대신, 놓치고 있던 일상의 행복들을 온전히 감각했다. 나를 살리고 채우는 끼니를 잘 챙겨 먹으려 노력했고, 기꺼이 나를 돌보며 천천히 기운을 차렸다.

언제라도 불행이 찾아올 수 있다는 사실은 후회 없이 하고 싶은 일을 하고, 좋아하는 것들을 기약 없이 미루지 않겠다는 다짐으로 이어졌다. 아무것도 하지 않으면 아무 일도 일어나지 않았다는 말은 신경질적인 재촉보다는 오히려 평온한 고요로 느껴졌다. 그 평온함이 사무치게 좋아서, 그 느긋한 속도를 따를 결심을 하게 됐다.

20대의 나는 남들보다 더 빠르고, 바쁘게 살아내야 한다는 강박에 빠져있었다. 불행한 미래를 만들지 않기 위해 좋은 학점을 따기 위해 목을 맸고, 하루 빨리 미래를 준비하기 위해 빨리 학위를 끝내고자 최대 학점의 수업을 꽉꽉 채워 들었다. 불투명한 미래에 대한 치열한 고민을 하며 편입을 하기도 했고, 그러면서도 대외 활동을 수십 개씩 하고, 사회가 요구하는 기준에 부합하는 사람이 되기 위해 매일 열심히 달렸다.

하지만 아홉수 이후의 나는 그런 강박으로부터 완전히 자유로워졌다. 돈이나 명예보다는 나 자신의 행복이 더 중요했고, 숨통 트이는 일상과 여유가 더 중요했다. 남들처럼 미래를 위해 현재를 갉아먹는 대신, 언제라도 찾아올 수 있는 불행의 그림자를 기억하며 미래 대신 현재를 택했다.

사람의 몸이 각기 다른 모양인 것처럼, 개인의 인생도 저마다 다른 모양이라는 믿음으로, 평균의 삶을 동경하지 않는 대신 행복하고 솔직하게 나의 일상을 살아내야겠다는 다짐을 하게 됐다. 그런 선택이 과연 나를 어디로 데려다줄지는 알 수 없지만, 자꾸만 엄습하는 불안과 걱정으로부터 나를 다독이기 위해서라도 일상의 행복과 즐거움을 열심히 기록해 두고 싶었다. 그렇게 태블릿은 제 쓸모를 찾았다.

때는 아빠의 생일. 추어탕과 나물을 좋아하는 엄마와 달리, 아빠는 소위 말하는 '애들 입맛'이었다. 하지만 아빠는 당뇨 환자라 약을 먹으며 당을 조절하는 사람이었고, 호락호락하지 않은 엄마와 내가 생일이라고 해서 아빠의 식습관을 봐줄 리는 없었다. 그래서 아빠의 생일을 맞아 피자, 치킨, 햄버거, 케이크 같은 달고 짠 음식을 손수 그린 그림으로 대접했다. A4 용지에 피자와 햄버거, 치킨과 케이크, 감자튀김과 콜라 같은 것들을 큼지막하게 그렸다. 사인펜으로 두껍게 한 번 더 테두리를 칠하고, 색연필로 꼼꼼하게 색칠했다. 식탁 위에는 알록달록 화려하고 다채로운 접시들이 오갔다. 그날 우리는 그 그림을 식탁 위에 깔아둔 채 심심한 반찬과 담백한 고기가 잘게 썰려 들어간 미역국을 먹었다. 그야말로 그림의 떡이었다.

아빠의 생일을 유쾌하고 재미나게 보낸 나는 작지만 우습고 행복했던 일상을 오래 기억하기 위해 그림으로 다시 한번 그려 SNS에 공유했다. 지나간 일상을 새로운 방식으로 기록하는 일은 제법 즐거웠고, 그렇게 일상의 순간들을 조금씩 그려가는 취미가 생겨났다. 뚜렷한 주제나 테마 없이 회사 동료, 가족, 친구들과의 일상적인 에피소드를 그렸지만, 가끔은 공연에 대한 이야기를 담기도 했다.

꽤 오랜 시간 공연 관람을 하지 못했던 터라, 오랜만에 본 공연이 너무 재밌어 그려본 공연 후기 그림이었다. 그런데 태어나서 처음 그려본 공연 그림 후기가 예상외로 큰 반응을 얻었다. 그렇게 하나둘 공연을 좋아하는 사람들이 그림을 보러 모이기 시작했다. 돈이 되는 것도, 커리어에 도움이 되는 것도 아닌데도 그저 즐겁고 재밌다는 이유만으로 그림 그리는 일상을 일구어 가기 시작했다. 재미 삼아 시작한 내 삶의 일부가, 일상의 전부가 되는 지경에 이를 때까지.

<틱틱붐>은 서른을 앞둔 뮤지컬 작곡가 조나단 라슨의 삶을 다룬 영화다. 집도, 직장도, 차도, 배우자도, 애도 없는 조나단은 서른이 되기 전 마지막 생일을 앞두고 예술가로서의 성공을 꿈꾸며 치열한 뮤지컬 워크숍을 준비한다. 하지만 그 과정은 녹록지 않다.

여자 친구와의 결별, 친구의 죽음, 곡을 빨리 써 내려가야 한다는 중압감, 자존심과의 싸움 등 타인은 물론, 자기 자신과도 치열하게 싸우며 온갖 소란 끝에 겨우 완성한 뮤지컬 워크숍. 많지도 적지도 않은 관객들의 칭찬과 격려 속에서 그는 그토록 꿈꿔왔던 자신의 꿈을 펼친다.

워크숍은 성공적으로 끝났지만, 쇄도하는 제작사들의 러브콜은커녕 조나단의 삶은 그다지 변하지 않는다. 크게 상심한 조나단에게, 나이가 지긋한 그의 에이전트 로자는 말한다. 그저 그대로 쓰라고. 늘 그랬던 것처럼 계속 쓰면 된다고.

그런 그녀의 말은 삶을 어떻게 살아가야 할지 고민하고 걱정하는 서른 날의 나에게 뾰족하고 날렵하게 남았다. 사회적 기준 대신, 나 자신의 행복에 더욱 집중하며 살아가겠다는 다짐을 했지만, 그 다짐을 지켜가기 위해서는 생각보다 훨씬 더 큰 용기가 필요했다. 스스로 선택한 길인데도 때때로 철없는 내 모습이 부끄럽기도 했고, 또 정말 이렇게 지내도 되나 여러 밤 마음을 번복하고 방황했다.

현재의 행복을 택하겠다고 다짐해 놓고도 은근한 조바심으로 현재를 누리지 못하는 내게, 지금의 행복에 최선을 다하면 언젠가는 쨍하고 해 뜰 날이 올 거라고 어렴풋이 상상하는 내게, 세상을 더 오래 살아온 로자의 말은 명료하고 분명하게 다가온다. 걱정이나 불안은 잠시 내려놓고, 동시에 또 너무 큰 망상과 기대는 접어두고, 어제든 내일이든 똑같은 마음과 정성으로 나아가라는 말.

언젠가 회사 대리님이 말했다.

"보통 학부모들은 자기 애들이 학예회나 시합에 나갈 때마다 '떨지 마!', '긴장하지 마!'라고 말하곤 하잖아요. 근데 아이들에게 그렇게 말하는 것보다 더 좋은 방법이 있대요. '원래 무대는 떨리는 곳이야, 떨어도 괜찮아'라고, 말해주는 거래요."

<틱틱붐>은 온갖 불안에 관해 얘기하는 극이다. 서른을 앞두고 예술가로서 성공하지 못할까 봐 걱정하는 조나단 라슨을 포함한 극 중 모든 인물은 각자의 불안을 쥐고 흐르는 시간을 버티고 또 견디며 살아간다. 불안을 숨기거나 포장하지 않고, 있는 그대로의 불안을 포착한 극이라서 좋았다. 극 중 노래인 <Louder than words>의 가사 원문은 이렇다.

'Don't say the answer. Actions speak louder than words
(굳이 대답하지 마. 행동으로 보여줘).'

돌이켜보면 불안과 걱정은 삶의 양면처럼 늘 공존했다. 숨 돌릴 새 없이 바쁠 때도, 내 삶을 차분히 들여다볼 수 있는 평온한 시간에도, 다양한 모양의 불안은 삶의 틈을 기어코 비집고 찾아왔다. 실망과 두려움, 불안과 고통이 숙명적으로 늘 함께하는 거라면, 어쩌면 불안은 애초에 대꾸해야 할 필요가 없는 건지도 모른다. 대신 이 불안을 있는 그대로 받아들이는 연습이 필요하겠다는 생각이 들었다. 비록 불안하고 고통스럽고 아프더라도, 어쩌면 삶을 나아가게 하는 자양분은 바로 그 불안에서부터 오는 건지도 모르니까. 어떤 형태의 삶이든 불안은 나와 늘 함께 있을 테니까.

<틱틱붐> 속 조나단은 불안과 구태여 싸우지 않는다. 그저 순간을 살피고 지금을 보듬으며 나아가겠다는 심심한 선택을 한다. 하지만 그의 모습은 그 자체로, 일상을 살아가는 나에게 큰 위로와 다짐을 남긴다. 많이 아팠던 날들도 있겠지만, 이내 곧 씩씩해지는 나날도 찾아올 테니까. 지나온 세월 속에서 배웠던 교훈들을 기억하고, 갖은 싸움 끝에 남은 상처들을 돌보고, 그렇게 새롭게 마음을 추스르며 살아가리라는 다짐을 새겨본다. 어제보다, 오늘을 한 뼘 더 씩씩하게 살아내는 것만으로도 충분한 삶이 아닐까. 조나단 라슨이 남긴 선율을 흥얼거리며, 오늘도 오늘의 하루를 부단히 그리고 기록한다. 그래 참 멋진 하루였구나! 하고 오늘을 기억할 수 있도록.

오렌지맛 비앙코 같은

회사에 입사한 지 얼마 안 됐을 때, 당시 나는 같은 팀의 사수와 입사 동기, 이사님과 주로 점심을 먹었다. 회사가 아무리 바빠도 뭘 해야 할지 모르는 새내기에 반해 이사님은 눈코 뜰 새 없이 바빴다. 그래서 우리 팀의 점심 식사는 늘 정해져 있었다. 회사에서 가장 가까운 백반집 아니면 근처에서 가장 음식이 빨리 나오는 국밥집. 이사님은 늘 먹고 싶은 메뉴가 무엇인지 상냥하게 여쭤보셨지만, 내가 먹고 싶은 음식은 너무 멀거나 늦게 나오는 곳들뿐이었던 터라 우리는 매번 백반이나 국밥으로 점심을 먹었다.

점심을 먹은 뒤에는 늘 카페에 들러 커피를 마셨다. 회사에 마음껏 커피를 내려 마실 수 있는 커피 머신이 있는데도 꼭 그랬다. 동료들은 커피 맛이 분명 다르다고 했다. 당시도 지금도 여전히 커피를 잘 모르는 나지만, 소중한 점심시간에 잠깐이라도 더 바깥바람을 쐬는 것이 좋아 군말 없이 쫄래쫄래 동료들의 카페 투어를 따라다녔다.

그날도 이사님은 바쁘셨다. 밥을 코로 먹는지 입으로 먹는지 모르게 빠르게 식사를 마친 이사님은 먼저 회사로 복귀하시고, 사수와 동기와 나란히 남은 점심시간을 붙잡고 있었던 그날, 사수는 진짜 맛있는 커피를 소개해 주겠다고 했다. 회사에서 거리가 꽤 되는 곳이었다. 시간 안에 복귀하기가 어려워 보일만큼 먼 곳이었지만, 사수를 믿고 따라갔다. 거리에 즐비한 카페들을 휙휙 지나치자 평소에 보지 못했던 새로운 거리가 등장했다. 그 거리가 홀로 익숙했던 사수는 알아서 척척 주문을 했다.

"오렌지 비앙코, 세 잔 주세요."

나는 처음 들어보는 메뉴에 눈이 휘둥그레졌다.

"커피에 오렌지가 들어간 거예요?"

"마셔보면 알아요. 분명 좋아할 거예요."

사수가 말했다. 이어 등장한 대망의 오렌지 비앙코. 주황색 오렌지 시럽이 깊게 깔렸고, 그 위에는 하얀 우유와 갈색 커피, 하얀 크림이 아래에서부터 겹겹이 쌓인 음료가 세 잔 나왔다. 섞여서는 안 될 것들이 만난 것처럼 각 층의 경계가 명확하고 선명했다.

"한 번 마셔봐요."

사수는 자신 있게 말했다. 새로운 것에 별로 겁을 내지 않는 나는 빨대를 꼽고 힘차게 마셨다. 평소에 주로 먹던 아메리카노는 쓰고, 라테는 고소한데, 이건 쓰지도, 고소하지도 않은 오묘한 맛이 났다. 커피의 쓴맛을 감추기 위해 시럽을 넣은 달달한 맛도 아니었다. 적당히 상큼하고 쌉쌀한데, 고소하면서도 달고 쓴맛이 혀에 감겼다. 이게 맛있는 건지 맛없는 건지 당최 알 수가 없었지만 사수에게 잘 보이고 싶은 마음에 평소보다 더 과장된 목소리로 정말 맛있다고 호응했다. 하지만 그날 이후로 오렌지 비앙코를 주문해서 먹어본 적은 없다.

때때로 어려운 공연을 볼 때마다 나는 오렌지 비앙코를 떠올린다. 주변에서 다들 재밌다고 해서 기대했는데, 정작 내가 느낀 감상은 오묘하기만 할 때가 있다. 이게 재밌는 건지 재미없는 건지 도통 헷갈려 여러 생각을 하다가 결국은 내 취향을 의심하기까지 한다.

'다들 재밌다는데, 나는 너무 재미없는데? 내가 이상한 건가?'

그런 의심에 빠지면 오롯한 내 취향을 찾기가 어렵다. 재밌으면 재밌는 거고, 별로면 별로인 건데, 왠지 권위를 가진 사람들 혹은 다수의 사람들이 재밌다고 하니 괜히 나 역시 덩달아 재밌게 봐야만 할 것 같은 기분이 드는 거다. 하지만 사실 평론은 평론이고 추천은 추천일 뿐. 공연도 음식처럼 각자의 취향을 가진 영역이다. 나한테 맛있는 음식이 누군가에겐 별로일 수도, 누군가에겐 별로인 음식이 내겐 맛있을 수도 있는 것처럼.

'요즘 어떤 공연이 재밌나요?'

그래서 공연 추천에 대해서는 매번 머뭇거리게 된다. 많이 먹어보고 즐기면서 자신의 취향을 찾아가는 것이 훨씬 더 중요하다고 믿기 때문이다. 하지만 공연은 보기 전까지 아무것도 알 수 없는 세상인 데다가 타인의 시선을 주고받는 일은 언제나 흥미롭기 때문에 영향을 받지 않으려야 않을 수가 없다. 그럴 때면 오렌지 비앙코를 처음 추천받던 그날을 기억한다. 누군가의 추천 덕분에 처음 그 맛을 알게 된 것처럼 조심스럽게 나만의 취향을 건네본다. 공연 추천만큼 쉽게 하는 질문이 없고, 공연 추천만큼 어렵게 꺼내놓는 답변이 없다.

그러고 보면 관극 취향은 음식 취향과 꼭 닮아있는 듯싶다. 누군가에겐 정말 맛있는 영혼의 음식이 누군가에게는 그저 그런 맛일 수도 있고, 누군가에게는 그저 그런 심심한 맛이, 또 누군가에게는 그토록 찾아 헤매던 집밥이 될 수도 있는 것처럼. 나는 쌀국수를 먹을 때 고수를 듬뿍 올려 먹고, 청국장이나 낫토 같은 꼬릿한 음식도 아주 좋아한다. 하지만 이 음식들은 호불호 강하기로 유명한 음식이기도 하다. 음식을 향한 취향도 각양각색인데, 사람의 관극 취향은 오죽할까.

악마의 변호인(Devil's Advocate)은 어떤 의사결정 과정에서, 집단적 사고(Group think)를 방지하고 다양한 의견을 고려하기 위해 일부러 반대 의견을 제시하는 역할을 맡는 사람을 말한다. 워낙 꼬투리 잡는 걸 잘하는 나는 회사에서 어떤 어젠다가 있을 때마다 부러 이 역할을 자처하곤 했다. 일부러 최악의 의견을 냄으로써 미리 사고를 방지하고 더 나은 의견을 잘 정비하기 위함이다.

하지만 이상하게도 공연을 볼 때면 정확히 반대가 된다. 일부러 더 긍정적인 시선을 장착한 채 공연을 보게 된달까. 좋은 극을 만나기는 어렵지만, 극의 좋은 점을 발견하는 일은 그래도 비교적 쉽다. 이미 내가 극장에 앉아 이 극을 보기로 결정한 이상 그다음부터는 최선의 것을 찾으려는 천사의 변호인이 되는 거다. 마음에 차지 않는 공연을 보더라도 팔짱을 끼고 어두운 표정으로 극을 바라보기보다는, 되레 팔짱을 풀고 밝은 마음으로 극을 보려 한다. 극의 장점과 좋은 구석을 찾아, 최대한 그런 면면을 향해 애정을 쏟는 것이다. 이런 의도적인 노력은 돈과 시간을 바친 만큼 무엇 하나라도 기분 좋게 얻어가야 한다는 가성비 심리 때문이다. 안타깝게도 천사의 변호인도 두 팔 벌려 항복을 외치는 최악의 극도 물론 있기는 하겠지만.

언젠가 알고 지내던 동생이 이렇게 말했다.

"언니 나는 그 극을 정말 재미없게 봤는데, 언니가 공연을 보고 난 감상을 보고 나면 희한하게 공연을 다시 보고 싶어져."

내가 공연을 보고 느꼈던 감상을 읽고 나면, 자기가 발견하지 못한 공연의 매력을 뒤늦게 알 것 같다는 얘기였다. 동생은 나와 완전히 다른 관극 취향을 가졌는데도, 가끔은 내 감상 후기를 듣고 나면 내 취향의 이유를 조금은 이해할 수 있을 것 같다는 말을 전해왔다.

때때로 취향은 전염되기도 하는 것 같다. 나에게 가장 깊은 취향을 전해준 사람을 떠올리자면, 대학교에서 만난 교수님이셨다. 그는 전공 교수님들 중 유일한 여성이었고, 오페라와 발레, 희곡을 분석하고 가르치는 선생님이셨다. 김영란법에 익숙지 않은 선생님께서는, 스승의 날마다 어찌할 바를 모르셨다. 3만 원이 되지 않는 케이크라고 성화를 부리면, 심각한 표정을 거두시고 마지못해 웃으셨다. 일부러 29,800원짜리 케이크를 찾아내곤 혼자 흡족해했다는 걸, 그렇게 선생님께 안부를 여쭙는 일이 나의 유일한 스승의 날 의례이자 작은 기쁨이라는 걸, 아마 선생님께선 모르셨을 거다.

선생님은 인기 교수는 아니었다. 폐강 위기에 처한 수업을 지켜내기 위해 친한 선배를 열심히 꼬드긴 적도 있고, 포섭에 속았던 후배들로부터 학기 내내 볼멘소리를 들은 적도 있다. 하지만 나는 진심으로! 선생님의 수업을 참 좋아라 했다. 비록 삶을 영악하고 똑똑하게 살아가는 데엔 별반 도움이 되진 않았지만, 인간이 자신의 모든 도구를 이용해 표현하는 세계가 얼마나 아름답고 뜨거운 일인지 생각해 볼 수 있었기 때문이었다. 몰랐던 누군가의 치열한 세계가 고스란히 전해져올 때면, 매 순간이 참 새롭고 또 가슴 벅찼다.

언젠가 좋아하는 가곡이 담긴 CD를 직접 구워주신 적이 있다. 프리츠 분더리히라는 이름의 가수였다. 비록 분더비니라는 이름이 거기서 온 것은 아니었지만, 그런데도 거기서 따온 이름이라고 말하고 싶을 만큼 그의 이름은 선명하게 마음에 남았다. 좋아하는 것들을 혼자 누리고 조용히 즐기는 것에만 익숙했던 나는, 선생님으로부터 그 한 뼘짜리 선물을 받고 참 묘한 기분을 느꼈다. 나만의 세계를 정갈하게 정렬하고 따뜻하게 구워내 또 다른 타인에게 건네는 일은, 참 용기 있고 멋나는 일이구나, 하고 생각했다.

졸업 후 한참이 지나서야 선생님의 부고를 갑자기 들었다. 코로나로 인한 사회적 거리두기로 인해 마지막 인사를 드리러 갈 수도 없었고, 너무 늦게 소식을 접한 탓에 걸음을 쉽게 옮길 수 없었다. 공허한 마음을 어떻게 달래야 할지 몰라 허둥대고 있을 때, 문득 선생님께서 알려주셨던 곡들이 떠올랐다. 무턱대고 생각나는 가곡들을 열심히 찾아 들었다. 한때 선생님과 함께 듣던 프리츠 분더리히의 목소리는 무척이나 반가웠고, 그의 따뜻한 노래를 들으며 선생님과의 추억을 떠올렸다.

"지금은 잘 몰라도, 언젠가는 '이런 걸' 찾게 되는 날들이 올 거야"라던 선생님의 예언 같은 말처럼, 나도 모르게 정말 '그런 것'들을 찾고 있는 모습이 새삼 운명처럼 느껴졌다. 아직도 라디오에서 낯익은 음악이 들려올 때마다, 함께 보던 희곡이나 오페라의 공연 소식을 접할 때마다, 구라파니 불란서니 오랜 음역어로 쓰인 책과 전시를 볼 때마다, 선생님과 공부하던 시간이 새록새록 떠오른다. 문득문득 선생님이 생각나는 순간들을 찾아올 때마다, 선생님이 떠오르는 계절들을 맞이할 때마다, 허전한 마음을 메꾸기 위해 씩씩하고 정답게 선생님이 내게 남기고 간 것들을 찾아 헤매는 내 모습을 보고 있노라면, 어쩌면 선생님의 취향이 나에게 고스란히 남겨진 게 아닐까 싶은 생각이 들곤 한다.

좋아하는 것들을 타인에게 권유하는 일은 너무 어렵다. 좋아하는 이유를 한 단어, 한 문장으로 설명하기란 너무나도 어려우니까. 하지만 그 좋았던 순간들은 분명 하나둘 모여 따뜻하고 다정한 온기가 되어 남는다. 앞으로도 좋아하는 이유를 끊임없이 찾아가는 일에 마음을 바치고 싶다. 누군가에겐 비록 오렌지맛 비앙코처럼 느껴질 수도 있겠지만, 언젠가는 또 프리츠 분더리히처럼 새삼 반가운 이름이 될 수도 있을 테니까. 그런 마음으로, 오늘도 오늘의 좋음을 그리고 새긴다.

떠나자,
꿈의 휘트비 베이로

세계 책의 날을 맞아 만든 뮤지컬 독서 모임에서 만나 급속도로 친해진 언니가 있다. 언니는 블랙핑크의 리사와 생일이 똑같다.

"언니, 리사 좋아하잖아? 좋아하는 연예인이랑 생일이 똑같아서 좋겠다! 별자리 운세도 같고, 행운의 아이템도 같을 거 아냐."

"아니, 별로 안 좋아."

언니는 진지하게 한숨을 쉬더니 이어 말했다.

“리사가 데뷔하기 전까지 내 생일은 온통 나의 날이었거든. 근데 리사가 데뷔한 이후론 온 세상이 리사 얘기뿐이야.”

리사를 좋아하지만, 그런 이유로 생일이 똑같은 건 왠지 샘이 난다는 건 듣도 보도 못한 관점의 이야기였다. 하지만 언니의 시샘에는 꽤 적확한 이유가 있어서, 결국엔 설득이 되고 말았다.

“언니가 언젠가 리사만큼 유명해지면 좋겠어. 언니의 생일이 덜 외롭도록 말야.”

그걸 기념해 언니에게 ‘티라노’라는 새로운 별명을 붙여줬다. 어릴 땐 스테고사우루스라든가, 브라키오사우루스, 파키케팔로사우루스 같은 이름들을 어렵지 않게 외우지만, 나이를 먹고 어른이 되면 그 모든 공룡의 이름을 잊게 된다. 그래도 딱 하나는 절대 잊지 않는다. 티라노사우루스. 시간이 흐르고 세월이 흘러도 결코 잊히지 않는, 시대와 국경을 넘어 그런 또렷한 존재감을 가진 사람이 되라는 의미에서 붙인 별명이었다.

이제부터 편의상 그녀를 티라노 언니라고 부르겠다. 꿈을 향한 야망이 블랙핑크 리사의 위상만큼 높았던 티라노 언니는 갑자기 영국 유학을 간다고 말했다. 멀쩡하게 잘 다니던 회사도 때려치우고, 서른이 넘은 나이에 다시 새로운 도전을 하게 된 언니는 리사나 티라노보다 훨씬 더 멋지게 보였다.

티라노 언니는 뮤지컬이라는 공통 관심사는 물론, 유머 코드와 덕질 취향이 잘 맞는 사람이었다. 알고 지낸 지 얼마 되지 않았지만 급속도로 빠르게 친해진 언니를 런던으로 보낼 생각을 하니 왠지 아쉽고 슬픈 기분이 들었다. 슬퍼하는 내게 언니가 말했다.

"네가 런던에 오면 되지. 꼭 놀러 와. 서울에서 그랬던 것처럼 같이 공연 보고, 여행도 하고. 재밌을 것 같지 않아?"

주변에 있던 영국으로 유학 간 친구들이 아무리 놀러 오라 해도 꿈쩍 않던 내가 티라노 언니의 말 한마디에 홀린 듯 비행기 티켓부터 예약한 뒤 언니에게 말했다.

"그럼 언니, 나 진짜로 간다."

엄마는 어떤 친구길래 갑자기 영국 여행을 가냐고 물었고, 엄마에게 언니와 내가 몇 번 본 적 없는 사이라는 걸 설명하기가 조금 민망했다. 그래도 우리는 짧은 시간 동안 함께 <헤드윅>을 보며 방방 뛰고, <이블데드>를 보며 깔깔 웃고, <어쩌면 해피엔딩>을 보며 펑펑 운 사이니까. <매디슨 카운티의 다리> 속 프란체스카와 로버트도 고작 나흘간의 만남으로 운명적인 사랑을 하는데 뭘! 다가올 날들이 어떤 모습인지 알 순 없지만, 지금까지 몰랐던 세계를 보게 될 거라는 확신을 갖고 런던행 비행기에 올랐다.

오랜만에 떠나는 해외여행, 보름간의 일정이었지만 아무 계획도 꾸리지 않았다. 만료된 여권을 재발급 신청하는 것조차 연신 미루다 발에 불이 떨어진 뒤에야 움직였다. 대책 없이 여유롭기만 한 내 모습을 본 티라노 언니는 불안했는지 몇 가지 여행 계획을 제안을 했다.

"내가 너 대신 생각을 좀 해봤는데, 너 영국 오는 김에 휘트비 가지 않을래? 우리가 조나단과 미나의 꿈을 대신 이뤄주는 거야."

뮤지컬 <드라큘라>에서 조나단과 미나는 서로 약혼을 한 사랑하는 사이다. 하지만 그 사랑을 방해하는 이는 바로 드라큘라 백작. 자신의 사랑을 구애하는 드라큘라 백작에게 미나는 결혼을 약속한 사람이 있다고 말한다. 이에 드라큘라는 말한다. '당신은 나와 결혼했어!' 드라큘라가 평생을 바쳐 사랑했던 연인이 바로 미나의 전생이었기 때문이다. 뜨거운 드라큘라의 훼방으로 조나단과 미나의 사랑은 이뤄지지 않는다. 그들이 한때 사랑을 맹세하는 곳은 휘트비. 오필영 디자이너가 구현한 국내 버전의 뮤지컬 무대에서는 높은 돌계단 위에서 미나와 조나단이 넓게 펼쳐진 휘트비 해안가를 바라보며 사랑을 속삭인다.

'바다 너머로 태양이 사라지네
어둠 속에서 내 맘 밝혀줄
우리 휘트비 베이.'

언니에게 휘트비라는 단어를 듣자마자 두 사람의 노래가 메아리처럼 귓가에 스쳤다. 나는 고민도 하지 않고 당장 함께 떠나자고 답했다.

"언니, 무조건 좋아."

"나도 좋아. 근데 대신 문제가 있어. 가는 길이 좀 험난해."

휘트비는 요크 영국 노스요크셔에 있는 도시로, 런던에서 차로 약 400km 떨어진 곳에 있었다. 기차를 타고 이동할 경우 킹스크로스역에서 요크로, 요크에서 토너비라는 곳으로, 또 토너비에서 휘트비로 총 세 번 환승해 이동해야 했다. 환승하는 데 걸리는 시간과 이동 시간을 모두 고려하면 편도만 반나절이 넘는 일정이었다. 더군다나 미리 티켓을 준비할수록 가격이 저렴해지는 영국 기차 티켓을 고려했을 때, 직전까지 아무런 계획을 짜고 있지 않던 우리에게는 기차 요금이 평균보다 훨씬 더 비싸기도 했다.

하지만 뮤지컬에 미친 두 사람에게 이토록 신나는 뮤지컬 여행을 막을 수 있는 건 없었다. 14시간 30분 비행기를 타고 영국도 가는데, 반나절 이동쯤이야! 이때가 아니면 또 언제 갈까 싶은 마음에 휘트비로 향하는 금액과 거리 따위는 하나도 무섭지 않았다. 신나는 마음으로 기차와 숙소를 예약했다. 휘트비에 가는 김에 요크까지 둘러보자는 생각으로 요크에서 1박, 휘트비에서 1박을 하기로 했다.

숙소 예약을 마친 뒤 가장 먼저 한 일은 파자마 구매였다. 뮤지컬 <드라큘라>에서 드라큘라 백작의 시종이 된 렌필드는 누런색 바탕에 어두운 색깔의 세로형 스트라이프 무늬가 있는 옷을 입고 등장한다. 렌필드의 옷과 가장 비슷해 보이는 파자마를 구매해 예쁘게 포장한 뒤, 캐리어 가장 깊은 곳에 숨겼다.

런던에 있는 언니네 집에서 지내는 동안 언니 몰래 꽁꽁 숨기고 있다가, 휘트비 여행에서 깜짝 선물을 할 작정이었다.

“휘트비 갈 때 짐 무거우니까 언니는 잠옷 챙기지 마. 내 옷을 몇 개 챙겨서 잠옷으로 입고 거기에 버리고 오자.”

어색한 거짓말에 언니가 왠지 조금이라도 의심을 할까 싶어 괜한 말을 계속 덧붙였다.

“나 짐 줄이려고 일부러 한국에서부터 버릴 옷을 좀 챙겼거든.”

“작을 것 같다고? 에이, 고무줄 바지라 괜찮을 거야.”

“사이즈 맞는지 입어본다고? 캐리어 안에 있어서 꺼내기 귀찮은데.”

“아니면 휘트비 가서 가슴팍에 WHITBY라고 대문짝만하게 프린팅된 기념품 티셔츠를 사도 되겠다.”

거짓말을 하면 할수록 더 큰 거짓말을 하게 되는 <디어 에반 핸슨>의 에반처럼 나는 왠지 점점 더 뻔뻔해졌다.

휘트비에 가기 전, 요크에 먼저 도착했다. 요크는 별다른 기대 없이 이동 중 피로를 덜어낼 중간 거점 목적의 방문이었는데, 아무것도 모르고 도착한 요크는 생각했던 것보다 훨씬 더 재밌는 도시였다. 요크는 중세 시대 때부터 바이킹의 침략과 전쟁, 흑사병과 같은 비극적 사건을 많이 겪은 도시로 ‘세계에서 유령이 가장 많이 출몰하는 도시’라고 한다. 그래서인지 매일 밤 유령 투어가 열렸다. 검은색 모자를 쓰고, 검은색 코트를 입고, 검은색 립스틱을 짙게 바른 수상한 가이드가 사람들을 데리고 골목 이곳저곳을 누볐다.

그들이 쏘다니는 골목들 중에는 <해리 포터>에 등장하는 다이애건 앨리의 모델이 된 섐블스 거리도 있었다. 맥주와 음료에는 '마법사의 눈물', '저주받은 강물' 같은 식의 이름들이 붙어있었고, 골목마다 빗자루와 마법사 모자 같은 것들이 널려있었다. 왠지 덩달아 마법사가 된 듯한 기분이 들어 한쪽으로 머리를 땋은 뒤 <위키드>의 <Defying Gravity>를 흥얼거리며 골목을 걸었다.

숙소에 체크인한 뒤, 여행 내내 꽁꽁 숨겨뒀던 파자마를 드디어 꺼냈다. 파자마는 한국에서 깨끗하게 세탁한 후 지퍼백 안에 각 잡아 포장한 상태였다. 그 안에는 언니에게 줄 작은 선물과 <위키드>의 글린다와 엘파바의 그림이 그려진 카드도 써서 넣었다. 언니도 뮤지컬을 무척 사랑하고 잘 아는 사람이니 파자마를 보자마자 바로 이 파자마가 <드라큘라>의 렌필드를 의미한다는 걸 단번에 눈치를 챌 거라고 생각했다. 하지만 잠옷을 꺼내든 언니는 놀란 토끼 눈이 되어 말했다.

"이게 뭐야, <비틀쥬스>야?"

(뮤지컬 <비틀쥬스>의 주인공 비틀쥬스 역시 하얀색, 검은색 스트라이프 의상을 입는다.)

"아니, 언니 <비틀쥬스>가 갑자기 왜 나와!"

"…그럼 이게 대체 뭔데?"

"우리 내일 어디 가는데!"

"휘트비 가잖아?"

(3초 후)

"아! 렌필드 옷이구나!"

꽁꽁 숨겨둔 그간의 고군분투가 수포로 돌아간 기분이 들었지만, 예상을 빗나간 대화조차 너무나도 뮤지컬 덕후스러운 것이어서 우리는 그대로 한참을 깔깔 웃었다.

다음 날, 휘트비로 향하는 기차는 오후에 있었다. 파란 하늘이 기분 좋게 펼쳐진 남은 요크를 즐기고자 아침 일찍 일어나 어제 못 본 동네의 구석구석을 열심히 살폈다. 요크 여행이 기대 이상으로 지나치게 즐거웠던 탓에 왠지 떠나기 싫은 기분이 들 정도였다. 하지만 휘트비라는 최종 목적지를 향해 아쉬운 마음을 뒤로하고 기차역에 도착했다. 여유롭게 화장실에 들르고, 커피도 마시고, 플랫폼을 향해 가는데… 아뿔싸, 우리가 찾는 플랫폼이 아무리 걸어도 안 보이는 거다. 작은 기차역에서 길을 헤매다가 정말 코앞에서 기차를 놓쳤다. 역무원을 찾아가 자초지종을 설명했지만 휘트비로 가는 다음 기차는 아주 늦은 저녁에야 있었다.

"더 빨리 갈 수 있는 방법이 하나 있긴 해. 휘트비로 가는 오늘의 마지막 버스가 한 대 남아있거든."

"가는 데 얼마나 걸리나요?"

"글쎄, 한 두세 시간쯤?"

다행히 휘트비로 가는 버스가 있었다. 다른 버스나 기차로 환승할 필요 없이 요크에서 한 번에 가는 버스였고, 대략 90여 개의 정류장을 지나는 노선이었다. 게다가 가격도 기차에 비해 몇 배는 더 저렴했다. 휘트비로 갈 수 있는 방법이 남아있다는 사실만으로도 우리는 크게 안도했다. 게다가 뮤지컬 덕후에게 세 시간 앉아있는 것쯤은 일도 아니니까. 우리는 햇빛이 강하게 쏟아지는 2층 버스 맨 앞자리에 몸을 실었다.

버스가 90여 개의 정류장을 내달리는 동안 더없이 푸르고 맑은 영국의 자연 경관이 펼쳐졌다. 시원하게 펼쳐진 지평선은 아름다웠고, 승객은 많지 않아 조용했다. 승객이 몇 없는 와중에 또 우연히 영국 뮤지컬 덕후들이 가까운 좌석에 앉았다. 올리비에 어워즈, <위키드> 같은 단어들이 듬성듬성 들렸다. 재밌는 얘기를 하나 싶어 귀를 쫑긋 기울였지만, 영어 듣기를 하면 할수록 어느새 졸음이 몰려와 그들의 대화를 자장가 삼아 까무룩 잠에 들었다. 맛있는 선잠을 자면서도 다른 뮤지컬 덕후 친구들을 여럿 모아 이 버스를 타고 휘트비 여행을 하면 참 재밌겠다는 생각이 들었다. 휘트비로 향하는 세 시간 동안 여러 가지 게임을 하는 거지. 뮤지컬과 관련된 스무고개를 하거나 손병호 게임을 하는 거다. 각자 좋아하는 뮤지컬 얘기를 하고, 나를 닮은 뮤지컬 캐릭터는 무엇인지 얘기해 보고, 뮤지컬 <드라큘라>의 넘버 리스트를 쭉 불러도 보고. 어쩌면 세 시간이 부족할지도 모르겠다는 생각이 들었다.

그런 생각을 하다 보니 금방 휘트비에 도착했다. 도착하기 전부터 저 멀리에서 노랗게 빛나는 수도원이 보였다. 숙소에 짐을 풀고는 바로 근처에 있는 레스토랑에서 저녁을 먹었다. 갈매기가 날아다니는 풍경 속에서 피시앤칩스를 먹으니 왠지 런던에서 먹었던 피시앤칩스보다 훨씬 더 맛있는 것 같은 기분이 들었다. 저녁을 먹은 뒤에는 배부른 배를 통통 두들기며 199개의 계단을 올랐다. 무대에서 봤던 계단이 이 계단이었구나 싶었다. 해가 지기 직전, 노을을 가득 머금은 수도원은 아름답게 반짝였다. 뮤지컬 <드라큘라>의 <Whitby Bay> 넘버 가사가 그대로였다. 바다 너머로 태양이 사라지고, 하얀 파도가 햇빛에 눈부신 꿈의 휘트비 베이. 한쪽에는 푸르르게 펼쳐진 해안이, 그리고 노을이 따뜻하게 내리쬐는 수도원이 정겹게 펼쳐졌다.

영국 여행을 오기 바로 직전 한국에서 본 연극 <젤리피쉬>에서도 휘트비 얘기가 있었다. 주인공 켈리와 남자친구 닐이 휘트비로 여행을 왔다가 싸우는 내용이었다. 휘트비의 아름다운 풍경을 바라보며 영국 커플들이 커플 여행지로 찾는 곳일 수밖에 없겠다는 생각이 들었다. 없던 사랑도 싹틀 수밖에 없는 풍경이랄까. 그래도 옆에 티라노 언니가 있어서 덜 외로웠고, 켈리와 닐처럼 싸우지는 않았다.

숙소에 돌아온 뒤에는 언니와 나란히 렌필드 잠옷으로 갈아입었다. 괜히 유튜브에서 뮤지컬 <드라큘라>의 시츠프로브 영상을 재생하며 지렁이 젤리를 질겅질겅 씹어 먹었다. 뮤지컬로 시작된 만남이 이렇게 뮤지컬이 가득한 여행으로 이어진다는 사실에 감회가 새로웠다. 그 설레는 기분을 즐기고 있던 차, <드라큘라>의 제작사인 오디 컴퍼니의 홍보 마케팅 관계자로부터 연락이 왔다. 때마침 내가 런던에 있는 걸 알게 되어, 런던에서 새롭게 오픈한 뮤지컬 <위대한 개츠비> 프리뷰 공연에 초대하고 싶다는 연락이었다. 이미 공연 관극 일정이 다잡혀있는 상태여서, 공연을 볼 수 있는 날은 런던에서 보내는 마지막 저녁뿐이었다. 뮤지컬로 시작해서 뮤지컬로 끝나는 여행이라니, 왠지 꿈에서도 뮤지컬을 볼 것 같은 기분으로 기분 좋게 휘트비 여행을 끝냈다.

친구와 함께 여행을 하면 꼭 한 번은 크고 작게 다투게 된다고들 하던데, 티라노 언니와 함께한 여행에서는 한 번도 다툰 적이 없었다. 내가 홀로 뮤지컬을 보고 온 날에는 언니에게 내가 얼마나 끝내주는 공연을 봤는지 말하느라 입이 아팠고, 함께 공연을 본 날에는 이 공연이 한국에서 공연된다면 어떤 캐스트가 가장 잘 어울릴지 상상의 나래를 펼치느라 바빴다.

마음에 들지 않는 상황이 닥칠 때마다, 예기치 못한 사건이 터질 때마다 오히려 그 순간에 딱 맞는 뮤지컬 넘버가 떠올라 웃어 넘겼고, 척하면 척하고 같은 대사와 같은 음악을 흥얼거릴 수 있는 친구가 있다는 사실에 감동하는 나날이었다. 여행을 마치고 런던으로 돌아오던 길, 언니와 다짐했다. 언젠가는 먼 훗날 더 많은 친구들과 함께 이곳에 오자고. 세 시간 동안 버스 안에서 우리끼리 작은 뮤지컬을 올리고, 휘트비 수도원으로 향하는 계단에 일렬로 서서 가장 촌스러운 포즈를 취한 뒤 사진을 찍고, 드라큘라 백작만큼 서로가 오래오래 살기를 기원하며 깔깔대는 그런 여행을 만들어 보자고. 아마도 세상에서 가장 재밌고 즐거운 여행이 될 것 같다.

웨스트엔드 뮤지컬과 한국 뮤지컬

웨스트엔드 극장 앞에는 무전기를 차고, 수납력이 좋은 조끼를 입은 사람들이 즐비해 있었다. 남자 여자 할 것 없이 단단해 보이는 체격과 야무진 포스를 가진 그들의 인상착의는 꼭 경호원 혹은 경찰 같기도 했다.

그들은 공연을 보러 온 관객들을 줄 세운 뒤, 한 명 한 명 소지품을 검사했다. 여행객의 가방에는 기념품 가게에서 산 엽서 몇 장, 추울까 봐 챙긴 카디건, 혼자서도 추억을 남기려고 들고 다니는 셀카봉, 갈증을 해소해 줄 먹다 남은 물병, 꼬질꼬질한 다이어리밖에 없는데도 나는 괜히 잔뜩 긴장했다.

관객들의 가방 검사를 왜 하는 건지 궁금했지만, 스몰토크를 건넬 틈도 없이 신속하게 진행되는 가방 검사에 물어볼 수 없었다. 그들과 대화한 적이 딱 한 번 있었는데, <MJ THE

MUSICAL>이라는 공연을 볼 때였다. 마이클 잭슨의 일대기를 담은 주크박스 뮤지컬이고, 흑인 배우가 캐스팅되는 만큼 한국에서는 보기 힘든 공연일 것 같아 고른 뮤지컬이었다.

하지만 정작 나는 사실 마이클 잭슨에 대해 잘 몰랐다. 관극 당일, 새벽부터 일찌감치 일어나 유튜브에서 마이클 잭슨의 다큐멘터리를 빠르게 예습했다. 그러고는 숙소에서 나와 극장 근처 유명한 관광지에 들러 시장을 구경했다. 일찍 일어난 새는 배도 빨리 고파지는 법. 고소한 냄새가 풀풀 풍기는 식당에서 배가 터져라 밥을 맛있게 먹었다. 밥을 먹고 나오니 근처에 티라노 언니가 추천해 줬던 빵집이 그제야 보였다. 배가 불러서 차마 먹지는 못하고, 시나몬 롤을 두 개 포장해 공연을 보러 갔다. 그런데 바로 그 시나몬 롤이 화근이었다. 가방을 검사하는 직원은 나를 불러 세웠다.

"이게 뭐야?"

"시나몬 롤이야."

"흠, 그래? 이 빵은 괜찮아."

그러고는 나를 통과시켰다. 이때다 싶어 다른 빵은 안 되는 거냐고, 어떤 게 제한되는 거냐고 묻고 싶었지만 그럴 짬이 없었다. 가방 검사를 향한 풀리지 않은 궁금증을 뒤로한 채 극장에 들어갔다. 나중에야 티라노 언니를 통해 알게 됐다. 조리된 음식이나 뜨거운 음식은 냄새도 심하고 취식이 어려워 반입이 불가하고, 극장 내에서 술을 팔고 있기 때문에 외부에서 구매한 술이나 유리병에 든 음료 또한 불가하다고. 간단한 과일이나 스낵 정도는 반입이 가능하다고 한다. 나의 시나몬 롤은 그래서 괜찮았군…! 미스터리 하나를 풀었다.

2023년 여름, 한국에서는 '묻지 마 칼부림 사건'이 다발적으로 일어난 적이 있었다. 뉴스에서는 연이어 흉악스러운 보도가 이어졌고, 각종 웹사이트에는 범죄를 예고하는 글들이 우후죽순 올라왔다. 평소처럼 대학로를 가던 와중에 혜화역 흉기 난동을 예고하는 글을 본 적도 있었다.

그때 처음으로 극장이라는 공간이 참 두렵게 느껴졌다. 혹시라도 극장 안에서 모방 테러나 방화 같은 불미의 사고가 일어나면 어떡하지 싶은 걱정이 솟구쳤다. 특히나 연극, 뮤지컬과 같이 현실 감각이 떨어지는 공간에서는 어떤 일에 대한 반응이나 대처가 느려질 수밖에 없다. 공연 중 진행되는 연출이나 이벤트와 사고를 즉각적으로 구분하기가 어렵기 때문이다.

게다가 많은 인원이 좁은 장소에 밀집되어 있기 때문에 극장은 그 어떤 곳에서보다 비상 상황에 대한 세심한 안전 대책과 대안이 필요하다. 직접 질의응답을 가졌던 것은 아니지만, 관객의 가방을 검사하는 사유에는 이런 이유도 분명 있을 것이다. 극장 내 안전을 위한 과정이라고 생각하니 매번 가방을 검사하고 들춰보는 이 과정이 사생활을 침범했다거나, 귀찮고 번거로운 과정으로는 절대 느껴지지 않았다. 오히려 응당 필요한 일처럼 느껴졌달까. 오늘의 안전을 바라는 마음으로, 가방을 들추는 그 수고스러움에 감사하는 마음으로, 기쁘게 가방을 펼쳤다.

웨스트엔드의 극장에서는 바(bar)가 마련되어 있어서 간단한 스낵이나 술, 음료를 판다. 극장에 일찍 도착해서 섭취해도 되고, 공연이 시작된 극장 안으로도 반입할 수 있다. 뚜껑이 있는 생수를 제외한 모든 음식의 반입이 불가한 우리나라 극장에서는 상상도 할 수 없는 일이다.

게다가 1막이 끝난 후 인터미션 때에는 직원들이 카트를 들고 와 벤앤제리스나 하겐다즈 같은 미니 컵 아이스크림을 판다. 15분의 인터미션 동안 못 산 MD도 구경하고, 급한 볼일을 보러 화장실도 가고, 화장실을 가기 위해 줄도 서야 하고, 빠르게 휘발되는 1막 공연 감상도 정리하고, 안 그래도 해야 할 일이 많은 촉박한 시간에! 아뿔싸! 아이스크림까지 먹어야 하는 일이 생기는 것이다!

평소 아이스크림을 썩 그렇게 좋아하는 사람이 아닌데도, 지금이 아니면 언제 또 극장에서 아이스크림을 먹겠냐는 아쉬운 생각이 들어 인터미션 때마다 아이스크림을 자주 먹었다. 즐거운 공연에 눈과 귀가 행복했고, 작은 컵에 담긴 달콤한 맛에 입안까지 행복이 가득 찼다.

한국에서는 아이스크림을 극장에 들고 들어가는 일은 상상도 할 수 없는 일이지만, 잠실에 있는 뮤지컬 전용 극장 샤롯데

씨어터에는 극장 로비에 하겐다즈 자판기가 있다. 충무아트센터에도 최근 아이스크림 자판기가 생겼다는 소식을 들었다. 비록 객석 안으로 반입은 불가하지만 인터미션이나 공연 전후로 즐길 수 있는 15분짜리 달콤함이 아예 없는 것만은 아니다.

공연 전 화장실을 가야 하는 수고로움이 늘 귀찮은 나로서는 관극 전이나 인터미션 때 음료 섭취를 즐기지 않는 편이다. 게다가 음주가무를 별로 좋아하지 않는 사람으로서는 한평생 술을 즐겼던 적도 없다. 하지만 그래도 술을 마시며 관극하는 문화가 있다는 건 제법 부러웠다. 가끔 술 생각이 절실하게 나는 극들이 있기 때문이다.

이를테면 <하데스타운>에서 술에 잔뜩 거나하게 취한 페르세포네 여왕님이 '건배!'를 외칠 때, <멤피스>의 DJ 휴이 칼훈이 거품 내서 이불로 덮기까지 한다며 꿀떡꿀떡 시원하게 맥주를 들이키는 피글리 위글리 마트의 듀퐁 맥주 광고를 들을 때면 나도 모르게 괜히 목구멍에 침을 삼키게 된다. 그런 관객의 심리를 잘 알고 있었는지 뮤지컬 <하데스타운>이 공연 중이던 극장에서는 오르페우스와 에우리디케, 아테나와 제우스, 운명의 여신들과 하데스 같은 이름의 칵테일을 팔았다. 신들의 이름을 딴 음료를 홀짝이며 신들의 이야기를 듣는 것만큼 짜릿한 관극이 또 있을까. 과연 훌륭한 마케팅이었다.

런던 여행의 마지막을 장식한 공연은 뮤지컬 <위대한 개츠비>였다. <위대한 개츠비>는 오디 컴퍼니의 신춘수 프로듀서가 한국인 최초로 단독 리드 프로듀서를 맡아 진두지휘한 작품으로, 오디 컴퍼니가 제작한 <드라큘라> 여행을 함께 다녀온 티라노 언니와 런던 여행을 마무리하기에도 의미가 있는 작품이었다.

금주법이 시행됐던 시기, 개츠비는 자신의 첫사랑이었던 데이지의 관심을 얻기 위해 매일 밤 성대한 파티를 연다. 한국에서는 '그대의 눈동자에 건배 짤'로 유명한 레오나르도 디카프리오의 모습이 바로 영화 <위대한 개츠비>의 장면 중 하나다. 공연이 시작되기 전 혼자 잠깐 화장실을 다녀왔는데, 로비에 서있던 티라노 언니의 양손에 못 보던 술잔이 들려있었다.

"위대한 개츠비를 볼 땐 이게 꼭 필요하거든."

언니가 건넨 잔을 받아 들고 태어나서 처음으로, 그리고 아직까지 마지막으로 극장에 술잔을 들고 들어갔다. 공연이 시작된 후, 개츠비의 화려하고 성대한 파티를 보며 그제야 언니의 의도를 알게 됐다. 술잔에 담긴 술이 화이트 와인이었는지 샴페인이었는지 술맛도 모르는 나였지만, 기분 좋은 취기가 가득한 무대 속 연회를 바라보며 개츠비와 함께 잔을 들었다. 극 중 누군가가 술잔을 들고 건배를 제안할 때, 옆에 앉은 언니와 나는 서로의 술잔을 부딪치며 배시시 웃었다.

아쉽게도 이런 음주의 즐거움 역시 한국에서는 허용되지 않는다. 극장의 위생은 물론, 조용한 관람 문화를 유지하기 위한 수단이다. 비록 술은 못 먹지만, 덕분에 조용하고 깨끗한 극장

에서 공연을 볼 수 있으니 한국의 문화 역시 나쁘지 않은 선택이라고 생각한다.

대신 그런 아쉬움을 달래줄 뮤지컬 펍들이 있다. 밥과 술을 먹으며 눈앞에서 생생한 뮤지컬 공연을 즐길 수 있는 콘셉트의 식당들로, 뮤지컬 덕후들의 마음은 물론, 평소 뮤지컬에 대한 진입 장벽이 높았던 일반 관객들이 가볍게 뮤지컬을 만나볼 수 있는 곳들이 곳곳에 있다.

또 다른 점이 있다면 웨스트엔드 극장은 소지품 검사를 완료하고, 당일 공연 티켓이 있는 관객만 입장이 가능하다. 그날의 공연을 보는 관객들만 이용하는 공간이기 때문에, 한 번 입장한 후에는 자유롭게 극장을 누빌 수 있다. 객석 문 앞에서 매번 티켓 확인을 하기 위해 어셔들이 문을 지키고 있는 한국과는 달리, 아예 티켓을 확인조차 하지 않는 경우도 많다. 덕분에 매번 '내 티켓 어딨지' 하고 가방과 호주머니를 뒤적일 필요가 없다는 점에서 왠지 마음이 가볍다.

한번은 지브리 뮤지컬 <이웃집 토토로>를 볼 때였다. 원체 지브리 영화를 좋아했던 터라 런던에서 볼 공연 중 가장 고대하고 있던 기대작이기도 했다. 그토록 손꼽아 기다리던 토토로를 보던 날, 아직 시차 적응이 덜 되어있기도 했고, 하루 종일 바쁜 관광 일정을 보내고 극장에 간 거라 그런지 반갑지 않은 졸음이 몰려왔다. 그까짓 졸음 때문에 공연의 감동을 놓치고 싶지는 않아서 바로 객석을 향해 입장한 뒤 제자리에서 잠을 청했다.

'너무 졸린데… 지금 10분이라도 자둬야 하는데… 지금 못 자면 어떡하지'라는 생각을 하며 눈꺼풀을 닫기가 무섭게 잠에 들었다. 마치 수면 마취에 안 걸리면 어떡하나 온갖 호들갑을 떨다 바로 쿨쿨 잠에 드는 환자처럼 깊은 쪽잠을 잤다. 이윽고 시작한 공연. 공연은 예상했던 것보다, 상상했던 것보다 훨씬 더 좋았다. 몽롱한 잠기운 덕분이었는지, 실제 무대가 정말 그랬던 건지는 모르겠지만 애니메이션 풍경 속에 내가 퐁당 빠진 것만 같이 환상적이었다. 하지만 극이 전개될수록 또 불청객 같은 졸음이 무섭게 달려왔다. 손톱으로 손바닥과 허벅지를 꽉꽉 꼬집어 가며 졸음과 맞서 싸우던 찰나에 찾아온 인터미션. 1막이 종료되기 무섭게 바로 무릎과 무릎 사이에 고개를 파묻은 채 또다시 잠을 잤다. 공연 전후로 열심히 쪽잠을 챙겨 잔 덕분에 남은 2막도 개운하게 볼 수 있었다.

런던에서 가장 권위 있는 상을 휩쓴 무대의 자부심이 느껴졌고, 그게 또 아시안이 만든 문화라는 점에서 괜한 뿌듯함을 느꼈다. 동시에 웨스트엔드 한복판에서, 그것도 자막 없이 울려 퍼지는 일본어 노래가 튀어나올 때마다 내심 배가 아플 정도로 부러웠다. 자부심과 대견함, 부러움과 질투가 미묘하게 섞인 관극이었달까. 이런 멋진 공연을 오래오래 기억하고 싶어서 공연이 끝난 뒤 기념품을 사러 달려갔다. 하지만 마그넷은 이미 품절이라 살 수가 없었다.

나의 MD 구매 제1원칙. 마그넷이 아니면 웬만하면 사지 않는다. 원칙을 위반한 폭풍 구매는 하고 싶지 않아서, 아쉬운 마음을 뒤로하고 숙소로 돌아갔다. 헌데 극장을 나서 공연의 감상을 곱씹으면 곱씹을수록 이토록 멋진 공연을 기념품 하나 없이 오직 기억에 의존해 추억할 생각을 하니 뒤늦은 치기가 솟구치는 거다. 어떤 기념품이어도 좋으니 뭐라도 사야 할 것 같은 충동이 들어 다음 날 극장을 다시 찾았다.

"티켓을 보여주시겠어요?"

선한 얼굴을 한 남성 직원이 내게 물었다.

"사실 티켓이 없어요. 근데 제가 어제 공연을 봤는데요. MD를 구매하고 싶어서 다시 왔어요."

나는 답했다.

"미안하지만 오늘 날짜의 티켓이 없다면 극장에 들어갈 수 없어요."

하지만 전날 분명 다른 극장에서 나 같은 관광객이 직원에게 양해를 구하고 MD를 사는 모습을 본 나로서는 당당하게, 동시에 애처롭게 부탁했다.

"알아요. 하지만 제가 어제 MD를 구매하지 못해서 오늘 다시 들른 건데, 혹시 MD만 구매하면 안 될까요?"

"안 돼요. 하지만 MD를 구매하고 싶다면 온라인 숍에서 구매할 수 있어요."

"하지만 저는 관광객이에요. 전 곧 런던을 떠날 예정이고 온라인 숍에서 구매하는 것 역시 불가해서요."

"그렇다면 잠시만 기다려 줄래요?"

표가 없는 사람의 입장을 허용하지 않을 거라고 예상은 했지만, 그래도 직원의 개인 역량에 따라 융통성 있게 들여보내주는 경우를 아예 못 봤던 건 아니라 어느 정도 희망은 있었다. 게다가 관광객과 덕후 사이를 오가는 나의 얼굴이 애처롭고 불쌍해 보였는지 직원은 심각해진 표정으로 극장 안으로 들어가 다른 직원들과 짧은 대화를 나눴다. 그리고 세 명의 직원과 함께 돌아왔다. 그들은 그들이 할 수 있는 가장 슬프고 다정한 얼굴로 말했다.

"이런 말을 하게 되어서 미안하지만, 그래도 입장할 수 없어요. 규칙은 규칙이거든요."

다정한 얼굴과 달리 그들의 대답 속 문장은 매섭고 단호했다. 티켓을 가진 자만이 극장의 서비스를 이용할 수 있다는 각박한 답변에 왠지 모를 서운한 마음이 들었지만, 또 한편으로는 그들의 처지도 이해가 됐다. 자본주의 시장에서는 제값을 지불하고 극장을 이용하는 관객이 불편함을 느끼지 않도록 서비스를 제공하는 것이 마땅하기 때문이다. 특히나 런던의 웨스트엔드는 무수히 많은 관광객이 오가는 뮤지컬 산업의 주요 스폿이다. 일반 관광객이나 외부인의 극장 이용을 허용할 경우 골치 아픈 문제들이 생겨날 수도 있고, 그들로 인해 화장실, 기념품 숍 같은 극장 내 서비스가 원활하게 제공되지 못한다면 그것 역시 문제가 될 수 있다.

이런 원칙과 규칙이 생겨나게 된 배경을 생각하며 서운한 마음을 달래다 보니 그들의 방법이 오히려 꽤 합리적이고 현명하게 느껴졌다. 마그넷 하나, 핀 버튼 하나 없이 빈손으로 털레털레 돌아온 관극이었지만, 그래도 나름의 인사이트를 전리품처럼 얻은 관극이었다. 들어올 때는 조금 번거롭더라도, 들어와서는 마음대로다. 단, 다시 나가면 돌아가기 힘들 수도 있으니 들어갔을 때 충분히, 잔뜩, 마음껏 즐기기! 기념품은 까먹지 말고, 미리미리 꼭 잘 사두기!

또 런던 웨스트엔드에서 뮤지컬을 관람하면서 가장 크게 다르다고 느낀 점은 티켓이었다. 주로 모바일 기기의 QR 코드로 입장 확인을 하기 때문에 바코드나 QR 코드가 인쇄된 종이를 미리 프린트해 온 관객들도 종종 보였다.

그에 반해 우리나라에서는 대부분 종이 티켓을 기본으로 한다. QR 리더기로 표 확인을 할 때에도 모바일 대신 QR이 인쇄된 종이 티켓을 사용한다. 종이 티켓은 항상 티켓 봉투에 담겨 나오는데, 예매처별로 티켓과 티켓 봉투를 다른 디자인으로 제작하는 경우가 있어 그걸 모으는 재미도 있다. 티켓 봉투는 좌석을 바로 확인할 수 있도록 앞면 일부가 비닐로 되어있다. 티켓 봉투를 모으지 않는 나로서는 종이와 비닐을 따로 분리해 재활용하는 것도 제법 귀찮은 일이 된다. 그래서 매표소에서 티켓을 받을 때마다 '티켓 봉투는 안 받아도 될까요?'라고 종종 묻곤 했는데, 근래에는 제법 많은 매표소에서 티켓 재활용 박스를 두고 있어 손쉽게 티켓 봉투를 처리할 수 있다.

헌데 웨스트엔드에서는 티켓을 위한 종이는 물론 티켓 봉투까지 사용하지 않는다니, 이 얼마나 친환경적인 시스템인가! 백지장도 맞들면 낫다는 말처럼 티켓 한 장으로 지구를 지키는 데 작은 도움을 줄 수 있다는 점이 보기 좋았다. 하지만 위선적이게도 공연 티켓을 모으며 자라온 한국인 덕후로서는 실물 티켓을 향한 욕망과 아쉬움을 쉽게 떨칠 수가 없었다. 고민 끝에 직원에게 모바일 티켓을 보여주는 대신, 박스 오피스가 어디 있는지 먼저 물었다.

"제가 실물 종이 티켓이 필요해서요. 박스 오피스에서 이 모바일 티켓을 출력할 수 있을까요?"

굳이 실물 티켓을 출력하려는 이유를 어떻게 설명해야 할까 고민이 됐다. 출입문에서 매표소를 향해 가는 짧은 걸음 동안 괜찮은 답변을 재빨리 궁리했다. '나는 관광객이라서 이 여행을 추억할 거리가 필요하거든. 너도 그 기분, 알지?'라며 괜히 친한 척을 해볼까, 아니면 '그냥 단지 실물 티켓이 갖고 싶어서?'라고 쿨하게 대답해 볼까. 어떤 답변이 그나마 가장 설득력 있을지 고민했는데, 정작 매표소 직원은 내게 아무런 이유도 묻지도 않고 종이 티켓을 곧장 뽑아주었다. 나는 속으로 '지구야 미안해!'를 외치며 한 장짜리 얇은 추억을 소중히 손에 쥐었다.

물론 이 요구가 통하지 않는 극장도 있었다. 넷플릭스 드라마 <기묘한 이야기>의 프리퀄 연극인 <기묘한 이야기: 첫 번째 그림자>가 공연 중이던 피닉스 씨어터는 아예 티켓을 출력할 수 있는 프린터 자체가 없는 듯싶었다. 종이 티켓이야 포기하면 그만이지만, 문제는 나의 출입이었다. 그날 공연은 티라노 언니가 대신 공연을 예매를 해줬다. 언니에게 전달받은 예매 안내 메일에는 QR 코드 대신 예매 번호와 좌석 정보만 담겨있었고, 언니와 연락이 닿지 않아 QR 코드를 바로 확인하기 어려운 상황이었다.

나는 자초지종을 설명했고, 직원은 나를 매표소로 인계했다. 매표소 직원은 예매 내역서 정보를 조회하더니 나의 출입을 허가했다. 허가의 의미로 작은 종이를 건네받았는데, 그건 마치 1980년대 도서관 대여 장부 같은 수기 표였다. 손바닥만 한 작은 종이 안에는 자그만 표와 피닉스 씨어터 극장 로고가 있었고, 직원은 표 안에 좌석 정보와 확인자인 본인의 서명을 적었다. '이건 이 사람의 티켓임! 탕탕!'의 의미를 담아서.

덕분에 무사히 공연을 볼 수 있었다. 연극 <기묘한 이야기>는 스크린과 조명을 활용해 SF 드라마에서 보던 CG 장면을 무대 위에 그대로 구현한 공연이었다. 어떤 장면들은 당최 어떻게 무대에서 이런 장면을 만들어 낸 건지 상상조차 되지 않을 정도로 신기하기도 했다. 가히 놀라운 무대 기술에 입이 떡 벌어진 채 공연을 봤다. 가장 아날로그스러운 티켓으로 본 가장 현대적인 공연이었다.

웨스트엔드에서 공연을 보는 동안 대부분의 모바일 티켓을 실물 티켓으로 바꿨다. 익숙하고 친숙한 모습의 티켓을 차곡차곡 모으며 나는 왜 이리도 종이 티켓에 집착하는 걸까 돌이켜봤다. 한 번 지나가면 휘발하고 마는 이 세상에서 티켓은 손에 잡히는 물성을 가지고 있기 때문일까. 아니면 티켓이 있어야만 입장이 가능한 세상인지라 티켓에 그만큼의 중요한 의미부여를 하고 싶은 걸까. 생각을 하면 할수록 티켓의 존재 의미는 '없어도 그만'으로 귀결됐지만, 그럼에도 소중하고 비장한 건 여전했다. 원래 작고 하찮고 쓸모없는 것들이 우리를 구하는 법이니까!

하지만 한 번 지나가면 사라지고 마는 게 무대라면, 언젠가는 이 티켓의 존재 역시 사라지는 게 마땅할지도 모른다. 점점 많은 것들이 편리한 방식으로, 또 친환경적인 방식으로 변화해 가고 있는 이때, 티켓이 모바일로 바뀌는 것쯤이야 당연한 도래일지도 모른다. 어쩐지 벌써부터 아쉬워지는 듯 미련이 샘솟지만, 그 당연한 미래를 자주자주 상상하며 지금부터 티켓과 헤어질 연습을 해본다. 비록 얇고 가벼운 시도라 하더라도 지구를 지키는 일에 작은 보탬이 되어야 할 테니까, 편리한 세상을 만들어 가는 걸음에 함께해야 할 테니까. 언젠가는 이 욕심을 온전히 내려놓는 날이 오길 바라며, 소중한 마음으로 티켓의 안녕을 빈다.

하필 파운드 환율이 높게 치솟는 시기에 영국 여행을 다녀왔다. 잠깐 여행 온 관광객인데 고물가 시대의 매서움을 몸소 체험했다. 딸기가 한 숟갈 들어간 과일 크레페 하나의 가격은 한화로 2만 원이었고, 냉동 제품을 데워서 대충 내놓은 것 같은 만두나 핫도그도 당황스러울 정도로 터무니없이 비쌌다.

모든 게 다 비싼 런던에서 가장 저렴한 건 뮤지컬 티켓이었다. 물론 좌석 컨디션과 요일에 따라 티켓 가격이 한국보다 월등하게 비싸지기도 했지만, 대신 공연이 임박한 좌석은 타임세일을 자주 했다. 공연별로 공식 홈페이지에서 예매 시, 당일까지 판매하지 못한 잔여 좌석을 저렴하게 구매할 수 있다.

또한 '투데이틱스'라는 사이트를 통해 구매할 수 있는 러시 티켓도 있다. 당일까지 판매되지 않은 좌석을 할인하는 것인데, 가격은 대부분 20파운드에서 30파운드 정도라, 한국에서 보는 공연 티켓 가격보다 훨씬 더 저렴한 가격으로 공연을 볼 수 있었다. 게다가 직접 극장 오픈 전부터 미리 줄을 서서 대기하지 않고 모바일로 간편하게 티켓을 구매할 수 있다는 점에서 수월하고 편리했다.

대신 티켓을 구하는 일이 비교적 쉽지는 않은 편인데, 다행히 런던에서 공연을 보는 동안 러시 티켓 구매에 한 번도 실패한 적은 없었다. (야호!) 자리가 랜덤하게 배정된다는 단점이 있긴 했지만 대부분의 뮤지컬 극장이 한국에 비해 규모가 작아 어느 곳에서 봐도 거리감이 크게 느껴지지 않았고, 또 기대보다 의외로 꽤 좋은 자리가 많이 나와서 흡족스러웠다.

<하데스타운>의 경우 2열 좌석이 배정됐다. 고개가 다소 아프긴 했지만 가까이에서 사랑하는 무대를 볼 수 있어 연신 즐거웠다. 올리비에 시상식에서 최우수 뮤지컬을 받은 <벤자민 버튼의 시간은 거꾸로 간다> 역시 수상 직후라 주목도가 꽤 높았을 때였는데도, 2열 좌석을 타임 세일로 저렴하게 구매해 무대와 아주 가까운 좌석에서 공연을 만날 수 있었다. 그에 반해 찰스 디킨스의 고전 명작 《올리버 트위스트》를 바탕으로 만들어진 뮤지컬 <올리버!>는 3층 꼭대기 좌석이 배정됐다. 《올리

버 트위스트》는 영어 공부에 한창일 때 영어 사전을 뒤적이며 읽었던 책이었다. 3층 좌석은 객석이 높고, 천장이 닫혀 살짝 갑갑한 느낌을 받았지만, 글로만 만났던 이야기를 생생한 음악과 무대로 만나니 정말 감격스러웠다. 영국의 색채가 가득한 극이라 영국 문학 투어를 하는 기분도 들었다. 단 25파운드로 이토록 멋진 공연을 볼 수 있다니! 연신 행복했다.

내가 만약 런던에 살게 된다면, 아니면 반대로 한국에 이런 러시 티켓 제도가 생긴다면 나는 어떻게 될까? 아침마다 등장하는 이 유혹적인 매물을 향한 충동을 과연 어떻게 참을 수 있을까! 좋지만 괴로워서, 괴롭지만 또 좋아서 두 눈을 질끈 감았다. 이런 자리는 어떠하고 저런 자리는 또 어떠하리, 내 자리 하나만 있다면 뮤지컬 향한 마음이야 가실 줄이 있으랴.

극장에는 여러 개의 줄이 즐비하다. 화장실을 기다리는 줄, MD 상품을 구매하기 위한 줄, 포토존에서 사진을 찍기 위해 기다리는 줄, 그리고 캐스팅 보드를 구경하는 줄. 한국의 뮤지컬은 보통 한 배역에 여러 명의 배우를 캐스팅한다. 세 명의 배우가 캐스팅될 경우 트리플, 네 명일 경우에는 쿼드 캐스팅이라고 부른다. 스타 캐스팅을 선호하는 경향이 있기 때문에 배우들의 스케줄을 분산하고, 여러 경우의 수를 두어 관객의 만족도를 높이기 위함이다.

배우마다 연기 노선이나 디테일이 달라지기 때문에 소위 회전문을 도는 관객도 많다. 다양한 배우가 한 공연에 투입되는 만큼 오늘의 캐스팅 보드를 기록하는 것은 주요한 문화가 된다. 어떤 배우가 어떤 역할을 맡았는지 매일매일 달라지는 맛을 기록하고자 하는 관객들을 위해 극장에는 층마다 캐스팅 보드가 있고, 사진과 이름이 실려있다. 게다가 극의 분위기와 감성이 담긴 디자인으로 제작되기 때문에 정보의 기능 그 이상으로 관극의 설렘과 기쁨을 더한다.

그에 반해 웨스트엔드의 공연은 대부분 원 캐스트로 공연이 진행된다. 한 명의 배우가 한 명의 역할을 고정으로 맡기 때문에 캐스팅 보드의 필요성이 낮다. 그러다 보니 극장 입구 어딘가에 붙어있는 작은 게시판이나 모니터, 혹은 종종 판매하는 공연 팸플릿을 통해 오늘의 공연 배우를 확인할 수 있다.

<백 투 더 퓨처>라는 뮤지컬을 볼 때였다. 동명의 영화 <백

투 더 퓨처>를 기반으로 한 뮤지컬로, 마티라는 소년이 우연히 과거로 돌아가면서 펼쳐지는 이야기를 담은 이야기다. 코믹한 전개에 깔깔 웃으면서 공연을 봤는데, 그중에서도 시선을 가장 끄는 인물은 마티의 아빠인 조지 맥플라이였다. 어딘가 어설프고 어색한 너드를 연기하는데, 그의 모든 호흡과 대사 톤까지도 웃기지 않은 구간이 없어서 눈물까지 흘리며 공연을 봤다.

공연이 끝나고 집으로 돌아오는 길, 보물 같은 연기를 보여준 배우가 궁금해 인터넷을 뒤적였다. 그런데 아무리 찾아봐도 공연에 대한 정보가 나오지 않았다. 유튜브나 인스타그램에 등장한 조지 맥플라이의 모습은 내가 본 조지 맥플라이와는 사뭇 달라 보였다. 서양인이 동양인의 얼굴을 구분하기 어려워하듯, 나도 그런 착각을 한 게 아닐까 싶어 대수롭지 않게 넘겼다. 나중에야 시간이 흐른 뒤에야 알고 보니 그날 조지 맥플라이 역을 연기했던 배우는 원 캐스트로 캐스팅된 배우가 아닌 원 배우를 대체해 투입된 언더스터디 혹은 커버 배우였다. 열심히 정보를 뒤적거려 준 티라노 언니 덕분에 그의 이름을 알게 됐다. 맷 아이브스, 오히려 그의 이름을 더욱 선명하게 기억하는 계기가 됐다.

한국에서는 캐스팅이 변경되면, 경우에 따라 환불까지 이루어진다. 공연의 안정성보다 관객이 선호하는 캐스팅이 더 큰 영향을 미치기 때문이다. 그러다 보니 대체 배우들은 무대에

설 기회 자체가 적다. 하지만 그럼에도 스윙이나 커버 역할을 맡은 배우들은 다른 배우들의 역할과 노래, 동선, 대사를 모두 숙지해야 한다.

9.11 테러 당시, 테러를 피하고자 캐나다의 작은 섬 뉴펀들랜드에 서른여덟 대의 비행기가 불시착한다. 난데없이 별안간 찾아온 낯선 이들을 진심으로 환영했던 갠더 주민들의 이야기를 담은 뮤지컬 <컴 프롬 어웨이>. <컴 프롬 어웨이>는 열두 명의 배우가 주연, 조연, 앙상블의 구분 없이 여러 역할을 소화한다. 한 명의 배우가 자리를 비우게 되는 순간 다른 여러 배역까지 줄줄이 공백이 생긴다. 이 공연의 스윙으로 참여했던 김주영 배우(활동명 진주영)와 김영광 배우는 편법 없이 정직하게 여러 역할을 연습했지만, 원체 화려한 캐스팅이었기 때문에 대부분의 관계자와 관객들은 스윙 배우가 무대에 올라갈 가능성은 거의 없다고 생각했다.

하지만 공연이 개막한 이후, 건강상 문제로 원래 배우들이 무대에 오르지 못했을 때 이들은 급작스럽지만 늘 그랬던 것처럼 자연스레 무대에 섰다. 캐스팅이 변경된 날 공연을 관람하지는 못했지만, 극장 밖에서 이 소식을 듣고 감격스러워 소름이 돋았다. 환대와 연대의 이야기를 담은 뮤지컬이었던 만큼, 분명 대체 배우들을 향한 뜨거운 박수와 환호가 가득한 시간이 되었으리라 믿는다.

한 배우가 무대에 오르지 못하면, 무대 뒤에서 끝없이 기다리던 배우가 그 자리에 오른다는 이야기가 있다. 나는 이 이야기를, 무척! 좋아한다.

출근을 했다면 퇴근을 하기 마련. 배우들도 마찬가지다. 공연을 끝낸 배우들은 '퇴근길'에 극장 밖에서 팬들을 종종 만난다. 이때 팬들은 배우에게 직접 간단한 선물이나 편지를 주기도 한다. 간단하고 간략한 비공식 팬미팅 같은 느낌이랄까. 이 시간은 흔히 '퇴근길'이라고 부르는데, 무대보다 더 가까운 거리에서 배우와 대화를 할 수 있고, 오늘 공연에 대한 소감을 나눌 수 있다는 점에서 인기가 있다. 공연이 끝난 느지막한 시간의 대학로에서는 군데군데에서 진행되는 퇴근길 풍경을 볼 수 있다.

다만 이 퇴근길이라는 게 어쩔 수 없이 다소 폐쇄적일 때가 있다. 배우의 퇴근길이 어디서 이뤄지는지, 어떤 방식으로 어떻게 진행되는지는 팬카페나 배우의 SNS처럼 폐쇄적인 공간을 통해 공지되기 때문에 '연뮤덕이나 배우 팬이 아닌 일반 관객'들은 그 정보를 잘 알 수가 없다. 지인 중 한 명은 좋아하는 배우의 퇴근길을 구경하고 싶어서 극장 로비에서 만난 한 무리에게 '○○ 배우 퇴근길 여기 맞아요?'라는 질문을 했다가 '오픈 채팅 공지 안 읽으셨어요?'라는 날 선 대답을 받고는 마음에 상처를 입은 적도 있다고 했다. 이 외에도 '그날 공연 본 관객'만 퇴근길에 참여할 수 있다는 불문율도 있다.

웨스트엔드는 극장 뒤편에 스테이지 도어가 있다. 간혹 퇴근길을 원치 않는 몇몇 배우가 일반 출입구로 나가는 경우도 있긴 하지만, 대부분 스테이지 도어를 통해 퇴근하기 때문에 스테이지 도어 앞에 서서 기다리고 있으면 배우의 퇴근길을 목격할 수 있다.

한국에서도 원체 퇴근길에는 큰 관심이 없는 편이라 그런지 한 번도 웨스트엔드 배우들의 퇴근길을 구경할 생각을 못 했다. 하지만 <위대한 개츠비>는 런던 여행의 마지막 관극이었던 데다가, 퇴근길을 구경하고 싶어 하는 티라노 언니도 함께 있어서 같이 기다려 보기로 했다. 스테이지 도어 앞에는 이미 사람들이 구름처럼 몰려있었다. 어디에 서야 할지 몰라 두리번거리던 찰나, 현장을 정리하던 직원이 말했다.

"이거 다 줄이야, 너희는 저 끝에 가서 줄 서도록 해."

세상에나! 너무 늦게 줄을 선 모양이었는지 이미 스테이지 도어의 대기 줄은 꼬리에 꼬리를 물고 쭉 이어져 있었다. 그래도 즐겁게 본 공연이었던 만큼 인내심을 갖고 줄을 섰다. 집에 갈까 말까 고민하던 찰나 한 배우가 나타나 팬들을 향해 인사를 건넸다. <위대한 개츠비>에서 마이어 울프심 역을, 웨스트엔드 <레 미제라블> 역사상 가장 최연소에 장 발장 역할을, <오페라의 유령>의 팬텀 역할로 2,000회 이상 공연을 했던 존 오웬 존스 배우였다.

"나 이 공연 보려고 한국에서 왔어!"

우리는 부러 과장해서 말했다.

"세상에! 멋지다! 개츠비의 리드 프로듀서도 한국인이잖아!"

그는 답했다.

"맞아. 그래서 온 거야."

우리는 더욱 뻔뻔하게 말했다.

"그럼 너 한국에서 하는 개츠비도 보겠네?"

"맞아. 곧 개막한다고 하더라고."

"그럼 미국 버전도 어서 보고 와. 세 개 버전을 다 본 다음 어떤 버전이 제일 좋았는지 비교하는 거지."

우리는 멋쩍게 웃었다. 아마도 그는 우리를 뮤지컬에 미친 부자쯤으로 알고 있었던 것 같다. 물론 그의 대단한 착각에서 '부자'만 빼면 거의 다를 건 없긴 하지만. 짧지만 즐거운 배우와의 대화 덕분에 공연의 즐거움이 조금 더 연장되는 기분이었다.

고도를 기다리는 마음으로

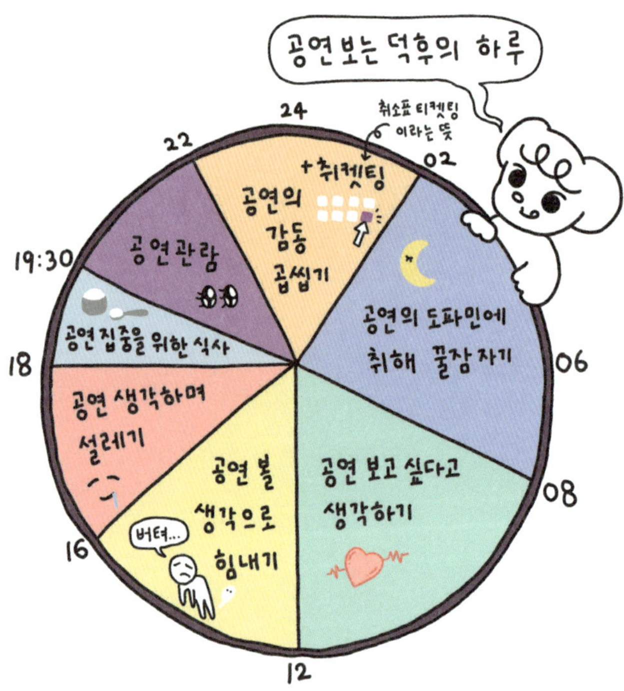

공연을 좋아하던 D 선배가 만든 공연 모임이 있었다. 공연을 좋아하는 사람들끼리 같이 공연을 보면 얼마나 좋겠냐는 취지에서 시작된 모임이었다. 선배의 인맥을 활용해 공연이 끝난 후에는 객석에 남아 관객과의 대화 이벤트를 진행하기도 하고, 배우들과 함께 기념사진을 찍기도 했다.

그중에는 공연을 직접 만들고 싶어 하는 이들도 있었다. 그중 하나가 럭키라는 친구였다. 럭키는 나보다 한두 살 많은 오빠였다. 서울에 있는 대학에 입학하면서 상경한 부산 사람이었지만, 어쩐지 말투에서 사투리는 전혀 느껴지지 않았다. 오히려 서울깍쟁이 같은 구석이 있었다. 럭키는 학교 공부보다는 연극을 보고, 현대 무용 배우는 걸 더 좋아했다. 군 제대 후에는 연극영화과를 복수 전공하는 수상한 공대생이기도 했다. 나는 그런 럭키와 함께 낭독극을 만들기도 하고, 종종 이따금씩 함께 공연을 보고, 각자 블로그에 감상평을 남기며 서로의 생각을 읽었다.

럭키가 럭키라는 별명을 갖게 된 것은, 럭키가 말 그대로 행운을 몰고 오는 사람이라서였다. 가난한 대학생 시절, 우리는 공연을 보기 위해 거의 모든 공연 초대권 이벤트에 응모했다. '같이 갈 친구를 태그하면 당첨 확률이 높아집니다'라는 문구 앞에서 우리는 서로의 계정을 소환하기 바빴다. 간절한 마음으로 댓글을 작성할 때마다 럭키는 말했다.

"이 공연, 왠지 내가 당첨될 것 같아."

처음엔 근거 없이 자신감만 넘치는 럭키의 말을 무시했다. 언뜻 봐도 내가 더 열심히 쓰고, 더 길게 쓰고, 더 정성껏 썼으니 당연히 당첨이 돼도 내가 될 거라고 생각했다. 그런데 정작 행운의 주인공은 늘 럭키였다. 한 번, 두 번, 그리고 절대 당첨될 리 없다고 생각했던 공연까지. 연달아 공연 초대권을 거머쥔 럭키는 의기양양하게 말했다.

"이것 봐, 나 진짜 행운이 넘친다니까."

이런 일도 있었다. 연극 <모든 군인은 불쌍하다>의 초연 공연을 볼 때였다. 입소문이 난 덕분에 매진 행렬이던 공연이었다. 이번에도 럭키가 운 좋게 티켓을 두 장 예매했다. 럭키는 본가인 부산에서 오직 이 공연을 보기 위해 서울로 서둘러 올라오고 있던 찰나였다. 공연 당일 극장 앞에서 만나기로 한 뒤 먼저 도착한 내가 럭키 대신 매표소 앞에서 표를 찾으려 하는데 아무리 예매 정보를 읊어도 매표소 직원으로부터 표가 없다는 말만 돌아왔다.

"어디쯤이야? 표가 없대."

"그럴 리가 없는데. 목요일 두 장 예매한 거 맞는데. 내가 빨리 가서 확인해 볼게."

럭키는 명동역에서부터 바삐 뛰어왔다. 지금은 운영을 종료한 남산예술센터는 말 그대로 남산으로 가는 초입에 있던 터라 짧지만 야트막한 오르막길이 있었다. 안부 인사도 생략한 채 땀을 뻘뻘 흘리며 매표소 앞으로 달려간 럭키는 울 것 같은 표정이 되어 돌아왔다.

"내가 예매를 했는데, 다음 주로 예매를 했네."

어처구니가 없어 아무 말도 못하고 있던 찰나, 매표소 앞에 있던 다른 관객이 말을 걸었다.

"상황을 보아하니 티켓이 없으신가 본데, 제가 오늘 여럿이서 공연을 보기로 해서 표가 좀 여러 장 있거든요. 근데 두 명이 못 온다고 해서 표가 남는데, 원하시면 이 표라도 드릴까요?"

이런 일은 한 번도 겪어본 적 없던 일이었다(그리고 이 글을 쓰는 지금까지도). 럭키와 나는 쾌재를 불렀다. 객석은 원래 예매했던 자리보다 훨씬 더 무대에 가까운 좌석이었다. 매번 자신을 행운의 사나이라고 부르는 럭키의 행운력을 이제는 인정하는 수밖에 없었다. 럭키, 내가 너를 행운의 아이콘으로 인정하노라.

럭키와 함께 처음 본 공연이 무슨 공연이었는지는 잘 생각나지 않지만, 그래도 럭키와 함께 봤던 공연들 중 기억에 남는 공연은 정말 많다. 그중 하나는 산울림 소극장에서 봤던 연극 <고도를 기다리며>였다. 산울림극단의 대표이자 한국연극연출가협회 초대 회장이었던 고 임영웅 선생님께서 연출했던 버전이었다.

대부분의 소극장이 혜화 인근에 있는 데 반해, 산울림 소극장은 홍익대학교 근처에 있었다. 산울림 소극장은 공연 직전에나 객석 문을 열었기 때문에 부러 일찍 극장에 찾아갈 필요는 없었다. 극장 앞이 바로 차도인 데다가 버스 정류장도 있어서 서성일 곳이 마땅찮기도 했다. 그 탓에 산울림 소극장에서의 추억은 몇 없다.

베케트의 희곡 《고도를 기다리며》를 처음 읽은 건 중학교 2학년 때였다. 중학생이 읽기엔 꽤 어렵고 무거운 텍스트였겠으나, 잠시 연극영화과 진학을 꿈꿨던 지망생으로선 당연한 선택의 독서이기도 했다.

"너도 속으로는 반갑지? 안 그래?"
"뭐가 반가워?"
"날 다시 만나서 말이다."
"그럴까?"
"그렇다고 해봐, 설사 그렇지 않더라도."
"뭐라고 하라는 거야?"
"'나는 반갑다'라고 해봐."
"난 반갑다."
"나도."
"나도."
"우린 반갑다."
"우린 반갑다. (침묵) 그래 반가우니 이제 무얼 한다?"
"고도를 기다려야지."
"참 그렇지."

의미를 알 수 없는 말들의 반복이 그때는 영 지루하고 재미가 없었다. 학창 시절 내내 꾸역꾸역 글로 쓰인 책을 읽다가,

성인이 된 뒤에야 희곡 속 텍스트가 무대 위의 움직이는 공연으로 전환되는 모습을 처음 봤다. 은은하게 펼쳐진 파란 조명 아래 외롭게 세워져 있던 나무 한 그루. 이윽고 등장하는 고고와 디디, 포조와 소년, 그리고 럭키. (어라, 그러고 보니 여기서도 럭키가 나오네) 세 시간의 여정을 통해 함께 고도를 기다리며 처음으로, 어떤 울림 같은 걸 느꼈다. 말로 표현하고 형용할 수는 없지만, 분명한 무게감을 자랑하는 어떤 묵직함이 마음에 남는 극이었다. 고고와 디디는 '고도를 기다려야지'라고 말할 때마다 양손을 머리 위에서 아래로 원을 그리며 떨어뜨리는 시늉을 했다. 공연이 끝난 후, 나와 럭키는 말없이 그 시늉을 따라 하며 극장을 떠났다. 많은 말을 나누지 않아도 우리 둘 다 비슷한 감정을 느꼈다는 걸 알 수 있었다.

"오늘 좋았다."

"나도 좋았다."

"이렇게 공연이 좋으면 어떡하지?"

"뭐, 고도를 기다려야지."

2023년, 새롭게 제작된 <고도를 기다리며>에는 신구 선생님과 박근형 선생님이 캐스팅됐다. 한국판 최고령 고고와 디디였다. 선생님들의 인지도와 명성에 따라 극장은 국립극장으로 옮겨졌다. 열 배쯤 커진 객석에서 바라본 <고도를 기다리며>는 훨씬 더 외롭고 거대했다. 하지만 나는 왠지 산울림 소극장 안에서 배우들의 생생한 눈빛을 마주하며 바라보던 그때의 울림이 그리웠다. 괜히 그리운 마음에 그때 썼던 일기를 꺼내보기도 하고, 낡게 바랜 책을 꺼내 오래전의 내가 그어둔 밑줄을 찾아 읽어보기도 했다. <고도를 기다리며>는 산울림극단의 처음 시작을 알렸던 창단 공연으로, 거의 매해 장기 공연을 했지만 코로나19로 공연 업계가 휘청하고, 2024년 임영웅 선생님께서 타계하신 이후로는 그 버전을 다시 만나볼 수 없다.

또 기억에 남는 다른 공연은 이해랑 탄생 100주년을 맞아 제작된 연극 <햄릿>이었다. 한국 연극계를 이끌어온 권성덕, 전무송, 박정자, 손숙, 정동환, 유인촌, 윤석화 등 기라성 같은 배우들이 총출동한 무대였다. <햄릿>은 아버지를 죽인 삼촌과 그런 삼촌과 재혼한 어머니에 대한 원망에 사로잡혀 미치광이가 된 햄릿 왕자의 이야기를 담은 극이다. 시간이 흘러도 유효한 셰익스피어의 텍스트 그 자체가 매섭게 다가오기도 했지만, 노련한 배우들의 연기를 보는 것만으로도 연신 짜릿했다.

하지만 가장 장관이었던 건 마지막 엔딩 장면이었다. '세상은 무대, 인생은 연극'이라 외치며 한 인간의 삶을 연극에 비유한 이 이야기의 끝. 다른 공연은 일반적으로 공연이 끝난 뒤 배우들의 앞쪽으로 막을 내리는 데 반해, 이 공연은 공연이 끝난 뒤 내내 내려져 있던 커튼의 막이 올라갔다. 마지막 인사를 건네는 배우들 뒤로 커튼이 활짝 올라간 뒤에야 뒤늦게 눈치를 챘다. 원래 있던 극장의 무대 위에 다시 무대와 객석 의자를 설치한 것이었다. 간이 무대의 막이 오른 뒤, 또 다른 무대 위에 덩그러니 놓인 관객들은 무대 아래 계단을 타고 내려가 극장 밖으로 퇴장한다. 이 모든 무대가 하나의 연극이었구나, 이 연극이 곧 우리의 인생이구나 싶은 감각이 온몸으로 느껴졌다.

럭키와 나는 <고도를 기다리며> 때처럼 별말 없이 천천히 극장을 걸어 나왔다. 국립극장에서 지하철 동대입구역으로 내려오는 언덕 길, 뜨거운 아스팔트 위로 햇빛이 반짝였다. 꼭 반짝이는 보석 같았다. 머릿속에는 복잡한 생각이 가득했지만, 그 복잡한 생각들을 뚫고 느껴지는 좋음의 감각이 너무나 또렷하고 아름다워서 눈물이 났다. <햄릿>을 보고 집에 돌아온 뒤, 일기장에 '햄릿을 보기로 한 건 올해 가장 잘한 선택이자 후회 없는 선택'이라고 적었다. 이토록 찬란하게 빛나는 순간을 함께 본 친구가 있다는 게 기뻤다.

우리는 곧잘 공연을 함께 봤지만, 그러면서도 같이 밥을 먹거나 카페에 가는 일은 드물었다. 우리는 공연 전 10-20분 전에 만나서 간단히 근황을 물은 다음, 공연에 대한 얘기를 짧게 나눴다. 공연을 본 뒤에는 미련 없이 쿨하게 헤어졌다. 어차피 그 공연에 대해 어떻게 느끼고 생각했는지 각자의 공간에서 열심히 쓸 사람들이라는 걸 알기 때문이었다. 럭키의 생각이 궁금하면 나는 그의 블로그를 들여다볼 테고, 럭키 역시 나의 블로그를 구경하며 서로의 생각을 알아가는 방식이 익숙했다.

하얀색 마스크를 끼고, 짤막한 인사와 안부를 나누고, 공연을 보고, 헤어지고, 다시 또 공연장에서 만나기를 반복. 그러고 나서 몇 년이 흘렀을까. 마스크를 벗고 지내도 괜찮아졌던 어느 날, 평소와 다를 것 없이 럭키와 공연을 보러 갔는데 마스크를 벗은 럭키를 보고 깜짝 놀랐다. 그가 수염을 기르고 있었기 때문이었다.

"그거 뭐야?"

"어? 내 수염?"

"언제부터 길렀어?"

"글쎄, 한 몇 년 된 것 같은데? 처음 보는 거야?"

그는 까슬까슬하게 자라난 수염을 만지며 멋쩍은 듯 말했다. 나는 토끼눈이 되어 소리를 질렀다. 몇 년이나 됐다고? 우리가 알고 지낸 지 그렇게 오래됐는데! 공연을 그렇게 매번 봤는데! 그동안 이 마스크 속에 수염을 숨기고 있었다고? 나는 까무러치게 놀랐다. 그러고 보면 나는 그것 말고도 럭키에 대해 많은 것을 모른다. 나는 럭키가 어떤 음식을 좋아하고, 어떤 색깔을 좋아하는지 전혀 알지 못한다. 그가 생일에 어떤 하루를 보내고, 어떤 주말을 보내는지도 알지 못한다. 그렇게나 먼 사이니, 어쩌면 럭키가 몇 년이나 수염을 길렀다는 사실을 전혀 알지 못한 건 어쩌면 당연한 일일지도 모른다.

하지만 우리는 사뮈엘 베케트의 '고도를 기다려야지!'라는 대사를 같은 톤으로 읽을 수 있고, 비가 올 때면 누가 먼저랄

것도 없이 '바람아 불어라! 태풍아, 유황 같은 분노를 퍼부어라!'라며 <템페스트>의 대사를 외칠 수 있다. 함께 공연을 볼 때면 럭키가 나만큼이나 공연을 재밌게 잘 보고 있는지 전혀 걱정하지 않는다. 럭키는 내게 왜 그렇게 우냐고 조롱하지 않고, 나 역시 그가 우는 모습을 봐도 왜 그렇게 우냐고 묻지 않는다. 떡볶이를 먹지 않아도, 술과 밥을 먹으며 단란한 얘기를 나누지 않더라도, 우리의 우정은 우리의 방식대로 쌓이고 있다고 믿는다.

함께 나란히 각자의 집으로 향하던 귀갓길을 기억한다. 해가 진 저녁, 기분 좋게 지친 우리는 각자의 안부 대신 오늘 우리가 마주한 각자의 시선에 대해 짧은 소감을 나누다가 헤어진다. 다음을 기약하는 말을 나누지 않더라도 괜찮다. 공연이 있는 한 우리는 언제라도 다시 만나 이야기를 나눌 수 있기 때문이다.

좋은 공연이 찾아오는 날, 우리는 또 만날 것이다.

4장

분더쉰, 뮤지컬!

공연을 좋아하는 이유

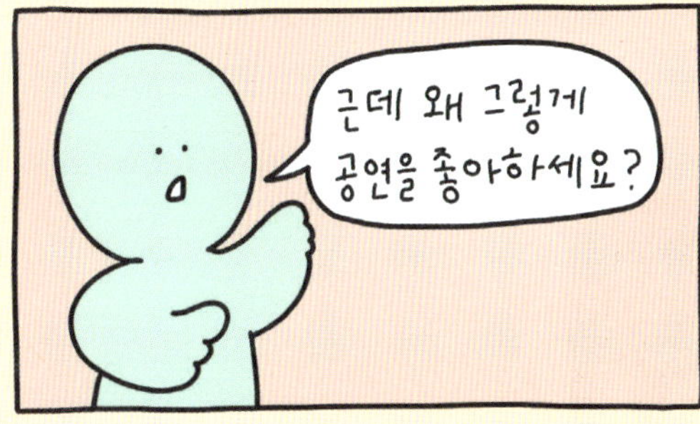

근데 왜 그렇게 공연을 좋아하세요?

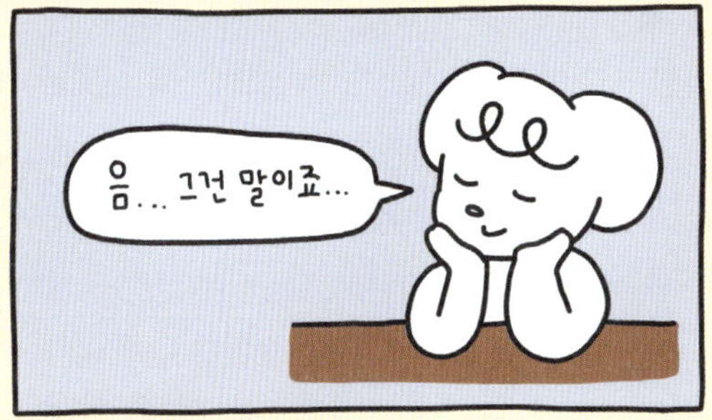

음... 그건 말이죠...

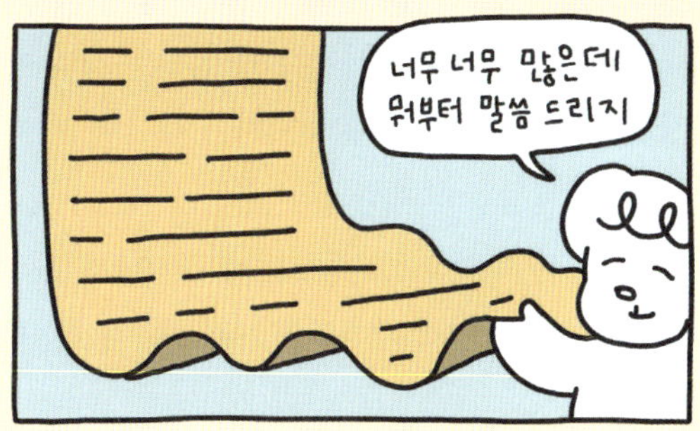

만약 텅 빈 숲속에서 혼자 남겨진다면

어린 시절부터 나를 괴롭혔던 건 다한증이었다. 정확히 언제부터인지 기억은 나지 않는다. 초등학교 1학년 때부터 중학교 1학년 때까지 피아노를 배웠는데, 피아노를 배우는 내내 한 번도 손에 흐르는 땀 때문에 고생한 기억은 없으니 아마도 그 이후일 것이다.

언젠가부터 긴장을 하면 손에 땀이 송골송골 맺히기 시작했다. 처음엔 긴장을 했으니 손에 축축하게 땀이 나는 게 당연하다고 생각하고 별로 대수롭게 여기지 않았다. 하지만 시간이 흐를수록 땀이 나는 순간에 대해 인지하기 시작했고, 자각한 후부터 그 끔찍한 현상은 더 자주 일어났다.

다한증은 전체 인구의 약 5% 정도에게 나타나는 증상이라고 한다. 하지만 나는 살면서 다한증을 가진 친구를 몇 명 보지 못했다. 그건 분명 우리 다한증 인간들이 자신의 손발을 어딘가에 꽁꽁 숨기고 있기 때문일 거다. 이들은 자연스럽게 타인과의 악수를 피하거나, 공용으로 사용하는 물건을 조심히 피해가며, 누군가 눈치채기 전에 민첩하게 자신의 땀을 조심스레 닦아낸다. 아무리 닦고 또 닦아도 이내 솟아오르는 땀방울과 전쟁을 치르면서.

언젠가부터 손의 땀은 극한의 스트레스로 다가왔다. 아무 문제 없이 쳐왔던 피아노가 두려워졌고, 손을 맞잡고 뭔가를 해야 하는 체육 시간도 꺼려졌다. 학교에서 시험을 볼 때면 갱지가 땀에 젖어 찢어지거나 OMR 카드의 수성용 사인펜이 번질까 봐 걱정했다. 학교를 졸업하고 사회인이 되어서도 마찬가지였다. '미팅 자리에서 상대가 갑자기 악수를 청하면 어떡하지!' (그래서 나는 코로나 때 생겨난 주먹 인사 문화를 격하게 반겼다.) '축축한 마우스를 누군가 갑자기 빌려달라고 하면 어떡하지!' 등등 누군가는 태어나서 한 번도 해본 적 없을 고민들이 아침마다 앞다투어 나를 주눅 들게 만들었다.

바르는 약도 발라보고, 손에 미세한 전류를 흘려보내는 치료를 꾸준히 하기도 했다. 대부분 효과가 있긴 했지만, 정작 효과가 절실한 순간에는 아무 소용이 없었다. 뽀송하다 못해 메마르고 건조하던 손도, 잠깐이라도 내 손의 존재감을 드러내야 할 때면 어김없이 송골송골 땀이 솟았다. 그러니까 이건 정체를 알 수 없는 불치병 같은 거였다. '코끼리를 생각하지 마'

라는 말을 하는 순간 코끼리가 생각나는 것처럼, '땀 생각을 하지 말자!'고 마음먹는 순간 두 손은 활화산처럼 땀을 분출했다. 그때부터였던 것 같다. 긴장하는 순간이 되면, 나도 모르게 축축해진 두 손을 숨기는 습관이 생긴 건.

뮤지컬 <프랑켄슈타인>은 오랫동안 사랑해 왔던 극이었다. 처음 창작 뮤지컬의 초연이 올라왔을 때부터 봐왔던 극이었는데, 어느덧 10주년을 맞아 반갑게 돌아온다는 소식은 나를 설레게 만들었다. 그 기념으로 구독자들과 함께 재밌는 콘텐츠를 만들어야겠다는 생각이 들었다. 캐스팅 공개 소식이 나오기 전, 구독자들을 대상으로 어떤 배우가 캐스팅되었으면 좋겠는지 물었다. 상상도 안 해본 조합부터 초연부터 함께했던 배우들까지 상상만으로도 재밌고 벅찼다. 마침 만우절도 가까워졌고, 구독자들을 낚는 콘텐츠를 올리면 어떨까 싶었다.

그렇게 만우절 콘텐츠가 탄생했다. 배역 하나에 열 명의 배우를 넣었다. 한자리에 모으기도 어려울 만큼 기라성 같은 라인업이었다. 이미지 귀퉁이에는 '오늘은 만우절입니다. 누구도 무엇도 믿지 마세요. 장난 많이 치는 하루 보내세요!'라는 문구를 영어로 써서 넣고, 게시글에는 만우절 삼행시를 지어 올렸다. 콘텐츠를 만들면서 내가 기대한 반응은 '아 당했다!' 수준의 유쾌한 웃음이었다. 그러나 반응은 예상과 달랐다.

"기다리던 캐스팅을 갖고 장난치다니."

낯선 계정들이 날 선 댓글을 남겼고, DM으로 '이런 거 금지인 거 모르세요?'라는 메시지도 쏟아졌다. 쏟아지는 반응을 보자마자 가장 먼저 손에 땀이 났다. 축축해진 손으로 이게 무슨 일인지 댓글을 살펴봤다. 내가 예상했던 반응을 남겨주시는 분들도 있었지만, 상처가 되는 말들이 더 크고 거대하게 시야를 가리는 법. 날 선 말들이 가득한 댓글과 다이렉트 메시지들이 뾰족하게 날아왔다. 당시엔 당황스럽고 감정적인 마음이 치솟았지만, 우선은 차분한 상태에서 이성적으로 상황을 살펴야겠다는 생각이 들어 게시글을 내렸다. 나의 의도와 달리 수용자에게 불쾌감을 준 상황을 차분히 살피고 생각하기 위해 나름의 시간이 필요했다.

화근은 나의 콘텐츠가 내 채널 밖으로 퍼졌기 때문이었다. 나는 나름대로 친밀감이 형성된 구독자를 대상으로 혼이 날 각오를 하고 만든 짓궂은 콘텐츠였는데, 콘텐츠는 생각보다 넓은 곳으로 빠르게 퍼졌다. 그게 그렇게 짧은 시간에, 나를 모르는 사람들에게까지 큰 파장으로 흘러갈 줄 몰랐다. 콘텐츠가 내 채널 외에 다른 SNS 채널이나 다른 콘텐츠로 재편집, 재가공된 경험 자체가 많이 없었기에 생각해 본 적 없던 흐름이었다. 게다가 나는 오랜 시간 혼자 공연을 봤던 관객이었다. 일부 뮤지컬 팬덤에서 캐스팅 소식으로 장난치는 것이 금기시되고 있다는 건 그날 처음 알았다.

그 경험은 큰 교훈이 됐다. 호되게 혼나는 과정을 통해서 작은 그림 일기장 같은 내 공간에 눈에 보이는 것보다 더 많은 분들이 찾아와 주고 계신다는 걸 알게 됐다. 덧붙여 콘텐츠가 흐르는 방식과 성격에 대해 생각해 볼 수 있었고, 무엇보다 콘텐츠를 받아들이는 수용자의 시선을 고려하는 태도가 얼마나 중요한지도 알게 됐다. 물론 나의 예상은 언제나 늘 턱없이 부족하고, 늘 보란 듯이 빗나가곤 하지만.

모르는 사람들에게 날 선 말을 듣는 경험이 썩 유쾌한 경험일 리는 없다. 생각했던 것보다 주눅이 많이 들었다. 게다가 나는 이런 일을 처음 경험해 봤다. 일방적인 비난과 날 선 말들이 뾰족하게 마음을 찔렀다. 물론 평소의 나 같으면, '아휴 별거 아니야! 콘텐츠 만들다 보면 실수할 수도 있지. 내 콘텐츠를 봐주는 사람이 점점 더 많아져서 그런가 보다!' 하고 긍정의 사고 회로를 열심히 돌리며 나를 다독였겠지만, 당시의 나는 다른 개인적인 일들로 인해 마음이 와장창창 흔들리던 상황이었다. 안 그래도 온갖 스트레스로 가득했던 일상을 잠깐 벗어나 보려다가 즐거움은커녕 오히려 볼기짝을 두 대 더 맞게 된 기분으로 최악의 만우절을 보내게 된 셈이었다.

그 일로 마음이 무거워진 날, 마침 뮤지컬 <디어 에반 핸슨>을 보러 가기로 한 날이었다. 공연을 볼 기운도 없고, 기분도 아니었지만 그런 이유로 공연을 환불받을 수는 없었다. 여전히 얼굴도 모르는 이들의 비난과 조롱이 시끄럽게 마음을 괴롭혔다. 내 옆자리에 앉은 관객이 나에게 날 선 비난의 말을 건넸던 사람이라고 상상하니 왠지 마음이 더 불편했다.

납처럼 무거워진 마음으로 휴대폰 전원을 끄고 조용히 자리에 앉았다. 공연이 시작된 뒤 첫 장면에서 주인공 에반 핸슨이 무대에 등장해 노트북을 여는 그 순간, 기다렸다는 듯 눈물이 터졌다.

뮤지컬 <디어 에반 핸슨>은 사회 불안 장애를 겪는 주인공 에반 핸슨에 대한 이야기다. 에반은 치료의 일환으로 자기 자신에게 편지를 써야 한다. 그런 에반에게 엄마 하이디는 인사한다.

“편지 잘 쓰고 있어? 디어 에반 핸슨, 오늘은 정말 근사한 날이 될 거야. 그 이유는…!”

하지만 에반은 생각한다.

‘내가 세상에서 사라진다 해도 누가 알아차리기나 할까?’

에반은 자기 자신에게 우울한 고민이 담긴 편지를 쓴다. 그리고 학교 컴퓨터실에서 프린터로 편지를 출력하던 중 코너 머피를 만난다. 코너는 에반처럼 주변에 친구가 없는 학생으로, 거친 성격에 대마를 피우고, 학교 선생님에게 프린터를 던지는 사고뭉치다. 코너는 에반의 편지가 자기 자신을 자극하기 위해 쓴 것이라고 착각하고 에반의 편지를 들고 가버린다. 그리고 다음 날 코너는 자살한다. 코너의 부모님은 주머니 속에 있던 에반의 편지를 코너가 쓴 편지라고 오해한다.

‘코너에게 친구가 있는 줄 몰랐어.’

'코너는 어떤 아이였니?'

'코너는 왜 이런 편지를 썼을까?'

'코너에 대한 이야기를 들려줄 수 있겠니?'

아들을 잃은 부모는 애타게 여러 질문을 던진다. 하지만 피자 한 판 주문하는 것조차 어려워 차라리 굶는 쪽을 택하는 에반에게는 이 모든 상황이 당황스럽고 어지럽다. 그저 그들의 아픔을 조금이나마 덜어지길 바라며 작게 시작한 거짓말은 점점 더 걷잡을 수 없이 부풀고, 이를 지켜보는 모두의 마음도 덩달아 초조하게 흐른다.

어찌할 줄 몰라 축축해진 손을 등 뒤로 숨기는 에반의 모습은 꼭 나 같았다. 긴장하지 않아야 한다는 걸 알면서도 긴장하는 에반. 괜찮을 거라고 수없이 자기 주문을 걸지만 결코 괜찮아지지 않는 에반. 에반의 모습은 거울을 보는 것처럼 꼭 낯익고 익숙했다. 그냥 단순하게 코끼리를 생각하지 않으면 된다는 걸 알지만, 내 마음과 머릿속에는 이미 거대한 코끼리가 어지럽게 뛰어다녔다. 코끼리가 일으킨 흙먼지 속에서 나는 왠지 자꾸만 작아졌다.

세상이 무서워 어디론가 숨으려는 에반에게 에반의 엄마 하이디는 말한다.

"So big, So small."

크게만 느껴졌던 일들도 언젠가는 작아질 거라고, 영원히 나를 잡아먹을 것만 같았던 일들도 언젠가는 분명 사소해질 거라고. 에반을 다독이며 달래는 하이디의 말들을 들으며 눈물이 왈칵 쏟아졌다. 그 토닥임이 너무 따뜻하고 든든해서, 그 말이 내게 너무나도 분명한 위로가 되어서 나는 조용히 주문처럼 그녀의 말을 되뇌었다.

'분명 언젠가는 작아질 거야, 언젠가는 작아질 거야.'

비록 지금은 이 모든 일들이 너무 크고 깊어 숨 가쁘게 느껴지지만, 이 모든 일들은 언젠가 분명 작아지고, 비로소 아득해질 거라고. 나는 곧 이내 씩씩해질 거라고, 괜찮아질 거라고.

너무 쉽게 미워하고, 너무 쉽게 애도하는 세상을 살고 있다. 어떤 날에는 이유 없이 누군갈 미워하다가도, 또 어떤 날에는 애정도 없던 누군가를 위해 슬퍼하고 눈물을 흘린다. 얄팍한 위선과 뒤늦은 애도가 넘실대는 세상. 그 속에서 다치는 사람은 계속해서 다치고, 사람들은 모니터 너머에 누군가 있다는 사실을 잊은 채 연신 뾰족한 칼을 꽂는다.

말도 안 되는 거짓말의 탑을 위태롭게 쌓아가다 결국 모든 게 들통나지만, 코너의 가족들은 그런 에반을 용서한다. 분명 에반의 거짓말은 기실 용서받을 수 없는 행동인데도 코너의 가족들은 용서를 택한다. 누군가를 잃어본 사람들은 안다. Word's kill, Word skill. 한마디 말은 누군가를 죽일 수도 있지만, 또 그 말이 누군가를 살리기도 한다는 걸. 한 조각의 용서가 에반을 다시 일으켜 세운다.

자꾸만 작아지는 에반에게 해주고 싶은 말들이 많았다. 누군가 널 미워할 거란 생각에 너무 주눅 들지 말라고. 분명 널 이해하고 응원해 줄 사람이 많이 있을 거라고. 손이 축축해지면 뭐 어떠냐고. 대신 짓궂은 얼굴로 주먹 인사를 건네는 게 오히려 더 멋져 보일지도 모른다고.

에반에게 하고 싶었던 말들은 곧 스스로에게 새기고 싶은 말이기도 했다. 에반에게 전하고 싶었던 말들을 꾹꾹 눌러 편지를 보내는 대신 일기장에 고스란히 적었다. 누구나 다 그렇듯 가끔 이렇게 실수할 수도 있지. 너무 주눅 들지 말고, 다음에 더 잘 고쳐나가야지. 조금만 걱정하고, 빨리 씩씩하게 털어내야지. 내가 먼저 타인의 실수에 관대한 사람이 되어야지. 주변 사람들을 돌보고, 서로를 통해 힘 받으며 지금을 잘 살펴야지. 텅 빈 숲속에서 누군가 남겨지지 않도록, 누군가 톡톡 창문을 두드릴 때 기꺼이 다정한 손길을 건넬 수 있도록.

공연 보기 전에 하는 일
이건 봐야돼
얼마나 재밌을까
자리는 여기가 좋겠군…!
공연 보고 나서 하는 일
또 봐야 돼
얼마나 더 재밌을까
자리는 여기가 더 좋겠군…!

사라지지만 분명 존재했던 순간을 향해

예스24 채널에서 <맨 끝줄 관객 분더비니>라는 공연 후기 카툰을 2022년부터 연재하고 있다. 후안 마요르가의 희곡 《맨 끝줄 소년》에서 따온 것으로, 어떤 객석이든 좋으니 그저 내 자리를 사수하겠다는 관객의 의지를 담은 이름이다. 매거진에 첫 게시물이 올라왔을 때, '분더비니(만화가)'라는 타이틀을 보고는 그 자리에서 소리를 질렀다.

"내가 만화가라니!"

<맨 끝줄 관객 분더비니> 시리즈를 연재하기 훨씬 전에도 공연 후기나 극의 일부 장면을 그림으로 옮기거나, 극장을 다니며 겪은 소소한 일화를 일상툰으로 기록했다. 그런데도 만

화가라는 호칭은 어떤 이유에서인지 아직도 여전히 어색하고 낯설다. 그건 아마도 내가 만화만 그리는 사람은 아니기 때문일 터다. 관객의 일상과 시선을 포맷에 얽매이지 않고 글과 그림, 영상과 사진 등으로 다루고 있다. 그런 의미에서 그림은 나에게 생각을 담아내는 하나의 수단이나 도구처럼만 느껴지기 때문인 것 같다. 그래도 언젠가는, 시간이 걸리더라도 이 호칭에 익숙해지고 싶다. 그림이 나라는 사람의 일부가 된 건 사실이기 때문이다.

만화 외에도 주기적으로 만들고 있는 콘텐츠는 <극장가 비둘기>라는 콘텐츠다. 구독자들의 제보를 받아 만드는 소식지로, 말 그대로 사랑의 전서구가 되어 극장가 곳곳에서 있었던 에피소드를 전달한다. 사실 이 콘텐츠의 시발점은 회사에서부터였다. 회사 업무 중 하나는 중요한 사내 공지문을 작성하는 일이었다. 하지만 아무리 친절하게 공지문을 작성해도, 조직원들은 이를 놓치기 일쑤였다. 하루에도 수십 개의 메일, 채팅, 보고서, 미팅 로그 등의 텍스트가 쏟아지는 환경에서는 정보 과부하가 오기 마련이었다.

어떻게 하면 조직원들이 사내 공지를 놓치지 않고 보다 재밌게 볼 수 있을까 고민하다가 생각한 것이 사내 매거진이었다. 팀의 사수와 함께 머리를 맞대고 고민했다.

'역삼동 찌라시 어때요? 중요한 소식도 좀 넣고, 우습고 재밌는 일상도 넣는 거죠.'

'찌라시라… 우리가 만들고 싶은 매거진이랑 결이 맞긴 한데, 너무 속어 아닌가요.'

'그러면 소식을 전한다는 의미에서 비둘기?'

'비둘기는 유해 동물로 지정되지 않았나요.'

'그래도 뭐, 나름 사랑의 전서구, 평화의 상징이긴 하니까요.'

그렇게 해서 만들어진 <역삼동 비둘기>라는 이름의 사내 매거진. 매거진 안에는 놓치면 안 되는 중요한 공지 사항들을 간단하게 작성해 넣었다. 공지문이 너무 길거나 딱딱할 경우, 관성적으로 넘겨버리기 일쑤이기 때문에 일부러 과장된 뉴스 헤드라인 체를 사용했다. 그리고 공지 글을 읽고 싶게끔 만들기 위해, 또 함께 일하는 조직원들의 유대 관계를 강화하기 위해 일부러 조직원들의 우스꽝스럽거나 흥미로운 일상을 추가해서 넣었다. 예를 들면 김 모 대리가 근 손실이 두려워 점심 식사를 닭가슴살로만 먹는다거나, 박 모 주임이 재택근무 중 콩나물 불고기를 직접 해 먹었는데 유명 셰프 저리 가는 수준이었다는 식의 우스운 소식을 넣는 일이었다. 매거진의 끝에는 항상 이런 문장을 추가해서 넣었다.

'사내에서 일어난 재밌는 일, 칭찬하고 싶은 동료, 혼자만 알기 아까운 에피소드가 있다면 이 비둘기에게 제보해 주십시오.'

세 살 비둘기 버릇 여든까지 간다고, 문득 이 사내 매거진의 방식을 활용해 구독자들과 함께 극장가 소식지를 만들어 보면 어떨까 싶은 생각이 들었다. 공연 예술은 영화나 드라마보다 훨씬 빠른 호흡으로 매일을 분투하지만, 오직 일부 관객만이 그 예술을 만날 수 있다. 게다가 매일 재밌고 다양한 이야기가 쏟아지는데도, 막이 끝나고 나면 그 모든 순간들은 순식간에 사라지고 만다.

물론 그게 공연의 매력이 되기도 하지만, 무대 위 찰나의 순간을 오래오래 지켜보고 싶은 마음으로서는 그게 매번 늘 아쉬웠다. 공연과 관련된 대화들은 내가 모르는 어딘가에서만 폐쇄적으로만 오가는 것도 영 아까웠다. 사라지지만 분명 존재했던 순간을 향해 더 많은 이들과 함께 찬사를 보내고, 건강하게 수다를 떨고, 오래오래 추억하고 싶었달까. 그런 마음으로 <극장가 비둘기>를 시작하게 됐다.

처음에는 한 줄짜리 헤드라인으로 시작했던 비둘기였다. 그러던 어느 날, 어느 공연 중 한 배우의 바지가 터지는 사고를 목격했다. 그런데 그 순간이 단순한 의상 사고로 끝나지 않고, 오히려 더욱 재치 넘치는 애드리브로 이어졌다.

'바지가 터졌을 땐, 한잔하겠나?'

원래 대사 대신 즉흥적인 대사가 오갔다. 배우들이 상황을 급하게 모면하는 모습은 재치 있었고, 그걸 바라보는 객석의 반응은 웃다가 눈물을 흘릴 만큼 뜨거웠다. 그 주의 <극장가 비둘기>에서는 그날의 즐거움을 전하기 위해 부러 심각한 뉴스 제보처럼 해당 사건을 소상히 전했다.

TODAY
15:00
&
19:30
여기 저기
극장 곳곳에서
벌어지는 소식들을
한 눈에 볼 수는
없을까?
매일매일이
새롭고 다채로운
이 순간들을
붙잡아 두고 싶은데..

반응은 예상했던 것보다 훨씬 좋았다. 그날 공연을 관람하지 못한 다른 관객들까지 좋아해 주셨다.

극장에서 일어난 이런저런 소식을 전할 때마다 매번 따뜻한 연락을 받았다.

'공연의 감동이 희미해져 가고 있었는데, 이렇게 비둘기를 보니까 다시 새록새록 기억이 나요.'

'수험생이라 공연을 자주 못 보는데, 이거 보면서 키득거리고 있어요.'

'외국에 나와있어서 한국 공연을 못 보고 있어요. 덕분에 대리만족 하고 있습니다.'

이상한 책임감과 부담감을 두둑이 느끼는 만큼 여러 관객들 역시 특파원이 되어 다양한 소식들을 전해주셨다. 덕분에 다양한 사건과 재밌는 에피소드를 매주 꾸준히 담게 됐다.

극장가 비둘기 작업 과정

① 매주 토·일 제보를 받는다.

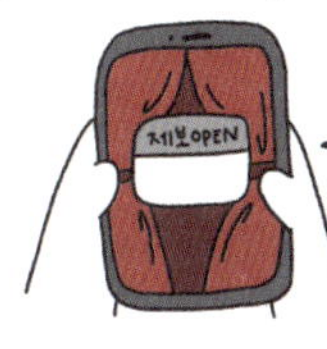

제보OPEN
극장에서 일어난 재밌는 에피소드 무엇이든 제보 바람!

② 날짜별로 1차 정리를 한다.

목요일.. 캣츠...
고양이말고 사자가 어흥...
Nov
11

③ 실제 공연 일자 및 캐스팅을 대조한다.

④ 고정 대사나 스포일러 내용은 삭제한다.

맨날 나오는 설정은 빼고
이건 결말 스포니까 빼고...
이번주의 비둘기

⑤ 뉴스 헤드라인 체로 문장을 수정한다.

⑥ 카드뉴스 이미지 작업을 한다.

⑦ 오탈자 등을 수정한다.

⑧ 발행한다.

@WUNDERBWNIE
극장가 비둘기
제보를 통해 만든 비공식 소식지입니다! 감안하여 즐겨주세요!

이 과정을 해내기 위해서는 공연에 대한 이해도가 높아야 한다. 극의 결말이나 고정 연기, 스포일러가 될 수 있는 장면에 대해서는 언급하지 않아야 하기 때문이다. 또한 실수담에 있어서 민감함의 기준은 제각기 다르기 때문에 충분한 고심이 필요하다. 예를 들어 일부 관객은 모 배우의 실수가 '귀여워서' 제보했을 수도 있지만, 당사자나 팬들은 그게 정말 괴로운 놀림이자 조롱으로 들릴 수도 있기 때문이다. 그 기준을 잡아가느라 여러 번 애도 먹고, 욕도 많이 먹었다.

그런데도 극장가 비둘기를 만들고 싶었던 이유는, 첫째로 공연 예술 분야에도 더 빠르고 민첩한 언론의 성격을 가진 무언가가 필요하다고 믿기 때문이었다. 아무리 공연 예술에 대한 관심이 증가했다고 하지만, 사실 매일 매일 오르고 사라지는 공연을 중심으로 다루는 언론이 탄생하기란 어렵다.

하지만 그건 긍정적인 의미에서도, 부정적인 의미에서도 꼭 필요한 일이었다. 언론은 기록의 주체로서 존재하는 데 반해, 공연 예술에 대한 언론의 기능은 다소 제한적이라는 점은 늘 아쉬웠다. 그도 그럴 것이, 매일매일 오르고 사라지는 무대에 대한 기록을 매일매일 공적 언어로 남기는 일은 너무 품이 많이 들고, 가성비에도 맞지 않다. 그런 관점에서 비록 <극장가 비둘기>는 한 개인일 뿐이지만, 동시에 여러 명의 제보를 통해 만들어지는 관객의 활동이라는 점에서 의미가 있지 않을까 싶었다.

게다가 무대는 영상으로 박제되거나 방송으로 노출되지도 않고, 그날의 관객만에게 공개된다는 폐쇄적인 특성을 지닌다. 그런 특징 때문에 묻히는 소중하고 즐거운 순간들을 더 많은 이들에게 공유하는 콘텐츠로 기록하고 싶었고, 동시에 그런 핑계들을 방패 삼아 나태하고 게으르게 일하는 배우나 제작자에게 반성하고 긴장하는 계기가 될 수 있기를 바랐다. 그건 더 나은 무대를 바라는 소비자의 마음이자 공연 예술을 사랑하는 관객의 마음으로부터 시작됐다.

그날 공연에서만 등장한 재미난 에피소드나 해프닝, 애드리브 등도 있겠지만, 배우들의 실수담이나 개인적인 소식들이 실리기도 한다. 그들의 실수를 나름대로 재밌게 포장하기도 하고, 사적인 영역을 배우의 동의하에 싣기도 했지만, 종종 의도와 달리 비난과 질타를 받았다. 충분한 고민의 시간을 갖지 못해 실망스러운 콘텐츠가 완성되기도 했다.

그래서 극장가 비둘기를 만들 때는 매번 마음이 어렵다. 촉박한 시간 안에 급하게 소식을 전해야 하는 입장에서 내가 나도 모르는 새 실수를 하지는 않을까, 혹 누군가는 불편하게 느낄 수 있는 부분을 예민하게 발견하지 못하지는 않을까 마음을 졸인다.

이렇게나 어렵고, 매번 조심스럽고, 계속 상처를 주고받는 콘텐츠인데도 불구하고, 그럼에도 극장가 비둘기라는 주간지를 계속해서 해야 한다는 책임감이 발동하는 또 다른 이유는 무대는 양면적인 공간이라는 것을 인지하는 관객 문화를 앞장서 만들어 가고 싶은 마음 때문이다.

무대의 모든 순간은 실시간으로 이뤄진다. 그건 곧 관객이 공연 예술을 사랑하는 이유인 동시에 실망하는 이유기도 하다. 무대에서는 즐겁고 재밌는 애드리브가 넘쳐나지만, 동시에 위험천만한 사건과 사고 역시 공존한다. 배우의 실수 역시 마찬가지다. 전자의 것은 반가운 데 반해 후자의 것은 영 께름칙하다. 극장 곳곳에서는 공연이 중단되거나 결함이 생길 경우, 쓴소리를 듣게 된다. 하지만 공연이 떠안고 가야 할 이 양가적인 숙명은 제작사나 배우만이 안고 가기에는 너무 무겁다. 이때 관객이 한 뼘만 더 열린 마음으로 관대해질 수 있다면 어떨까.

조직에서 자신의 의견과 실수를 자유롭게 드러내도 비난받지 않는다는 믿음을 심리적 안전감이라고 말한다. 침묵으로 회피하기보다는 적극적으로 이야기를 하면 할수록 서로를 향한 신뢰는 쌓인다는 것. 심리적 안전감이 높은 조직일수록 일의 성과나 능률도 높아진다.

헌데 이 안전감은 꼭 회사나 특정 조직에서만 국한되지 않는다. 하나의 생태계가 더욱 건강하고 건전하게 지속되기 위해서는 그 안에 속한 공동체 모두에게 요구되는 자세이기 때문이다. 무대와 객석 사이에도 이 심리적 안전감은 절대적으로 필요하다. 관객과 배우, 창작진과 제작자는 모두 서로의 불편함을 이해하고, 서로가 서로를 해하려는 목적이 없다는 것을 믿어야 한다. 서로를 응원하고 있다는 신뢰를 기반으로 공존할 때, 이 생태계는 보다 더 많은 것들을 기꺼이 꿈꾸고 도전할 수 있을 것이라 믿는다.

그런 맥락에서 누군가의 실수를 포용하고, 이해하는 인식의 변화를 주고 싶었다. 배우의 실수는 실망할 거리가 될 수도 있지만, 동시에 임기응변이나 민첩함을 보여주는 계기가 될 수도 있다. 시선의 차이도 있다. 웃음은 때때로 심각하고 복잡한 일의 무게를 가볍게 만든다. 많은 것들이 동시다발적으로 일어나는 무대 위에서 실수는 어쩌면 당연한 재채기 같은 일일 테다. 참을 수도, 막을 수도, 숨길 수도 없는 일이라면 아예 대놓고 그걸 즐기고 포용하는 관대함을 키워가고 싶다는 바람이 있었다.

웨스트엔드에서 <스타라이트 익스프레스>라는 공연을 관람했을 때였다. 기차를 좋아하는 한 소년의 꿈을 무대 위에 구현한 공연으로, 배우들이 모두 인라인 스케이트를 신고 객석과 무대를 누비는 작품이었다. 배우들이 빠른 속도로 아찔하게, 또 신나게 무대를 오가던 중 무대에 문제가 생겨 공연이 중단됐다. 무대감독은 무대 위에 나와 잠시 문제가 생겼으니 이슈를 확인한 후 다시 진행하겠다고 말했다. 그 말에는 어떤 죄송스러운 표정이나 난처한 기색이 별로 묻어나지 않았다. 그저 당연한 일이 생긴 것처럼, 생길 수 있는 일이 일어난 것처럼 자연스럽고 유연했다.

현지 관객들의 반응 역시 놀라웠다. 물론 화가 나거나 실망하는 관객들도 어딘가에 있었을 수도 있지만, 적어도 내 주변에 앉아있던 관객들은 전혀 동요하지 않았다. 한숨을 크게 쉬는 관객도, 목소리 높여 불평하는 사람도 없었다. 그저 자연스럽게 옆 사람과 지금까지의 공연 감상을 나눴다. 관객들의 표정 역시 무대 감독의 것과 비슷해 보였다.

잠시 후 감독이 다시 나와 방금 끝난 장면부터 다시 가겠다고 말했다. 그러자 모두 하던 대화를 멈추고 자연스럽게 박수를 보내며 다시 무대 위로 시선을 옮겼다. 과연 이 일이 한국에서 벌어졌다면 어땠을까. <위키드>의 <Defying Gravity> 장면에서 엘파바가 중력을 거스르지 못해 날지 못하거나, <오페라의 유령>에서 팬텀이 배를 타고 등장하지 못할 경우, 우리나라 관객들은 환불을 요구한다.

기술적 결함에 대해 프로덕션이 미리 해당 내용을 고지하더라도 티켓 금액의 일부를 환불하는 조치를 취하는 경우가 많다. 그 광경을 보며 무대 위 사고와 그에 대한 보상 체계가 당연한 것이 된다면 배우와 연출가, 제작자들이 점점 더 몸을 사리고 도전하지 않을지도 모른다는 걱정이 들었다. 더욱 멋진 무대를 기다리는 관객의 입장에서, 이 생태계의 발전을 고대하는 장기적인 관점에서 그건 결코 반가운 일이 아니다.

물론 그토록 고대해 왔던 순간인 만큼 기계적 결함이나 예상하지 못한 이슈, 급작스러운 캐스팅 변경 등으로 인해 기대했던 공연을 보지 못해서 드는 분노와 슬픔을 이해하지 못하는 건 아니다. 하지만 한편으로는 공연은 사고조차 포함하는 살아있는 예술이다. 세트가 멈추거나, 조명이 꺼지거나, 음향이 튀는 순간조차도 공연이 살아있다는 증거로 볼 수 있다. 그런 맥락에서 런던이나 브로드웨이에서는 특정 장면이 원래의 의도대로 구현되지 않더라도, 공연이 정상적으로 종료될 경우 별도의 환불 보상을 진행하지는 않는다. 오히려 리미티드 에디션을 봤다며 농담처럼 회자되기도 한다고.

관객의 반응에 따라 어느 날의 무대는 하나의 실패가 아닌, 그때 그 순간만이 만들어 내는 미학이 될 수도 있다. 오히려 다른 어느 곳에서도 보지 못하는 귀한 버전의 무대를 볼 수 있달까. 물론 나조차도 아직은 그런 성인군자는 되지 못한다. 아마도 그런 일을 겪게 된다면 가장 아쉬워하고, 가장 속상해할 사람이 바로 나일지도 모른다. 하지만 함께라면 어떨까. 결함은 공연의 결점이 아니라, 현장의 존재감을 드러내는 무대의 흔적이라는 사실을 의도적으로 받아들이려고 노력할수록 공연 문화와 객석의 분위기는 훨씬 더 따뜻하게 바뀔지도 모른다.

그런 마음을 비둘기에 담고 싶었다. 부러 이런 실수와 사고들은 별일이 아니라고, 그냥 웃고 넘어가도 괜찮은 일이라고 토닥이고 싶은 마음이랄까.

그런 마음들이 수면 위로 모일 때 배우나 프로덕션은 오히려 경각심을 갖고 무대에 임하되 실수나 사고에 대한 부담은 줄어들고, 관객은 보다 더 생동감 넘치는 마음으로 그들의 무대를 진정 응원할 수 있을 거라고 믿는다.

그런 믿음으로 시작한 일이지만, 여전히 그 경계는 언제나 어렵다. 이 콘텐츠를 운영하며 가장 큰 칭찬도, 가장 큰 비난도 동시에 받았다. 매번 지혜롭게 콘텐츠를 만들고 싶지만, 의도와 달리 곧잘 누군가에게는 상처를 주고 만다. 그래서 매주 큰 부담감과 어려운 마음으로 모니터 앞에 앉는다.

'내가 뭐라고 이 일을 하려는 걸까?'

'이 일이 내게 돈을 주거나 행복을 주는 것도 아닌데 나는 왜 고통스럽게 이걸 하려는 거지?'

'나의 목적과 의도가 정녕 객석과 무대에 닿는 날이 올까?'

이런 푸념을 꾸역꾸역 숨긴 채 남몰래 눈물을 훔치며 매주 소식을 발행하고 있다. 언제까지고 이 콘텐츠를 만들어 갈 수 있을지는 모르겠지만, 이런 마음에서 시작되었다는 걸 이 자리를 빌려 구구절절 고백해 본다. 무대를 너무 사랑해서 시작한 마음이지만 때때로 오랜 기간 정성을 기울이지 못해 부족할 때가 있었고, 혜안이 부족해 숨고 싶을 때가 많았다.

앞으로 비둘기가 어떤 곳을 향해 나아갈지는 사실 잘 모르겠다. 다만, 내일의 비둘기는 오늘보다 조금 더 슬기롭고 지혜롭고 평화로운 모습이 되어있길 바라는 마음으로, 매주의 소식을 실어 보낸다.

평화와 사랑을 담아, 극장가 비둘기로부터.

들여다볼수록
아름다운 세계가 있다

아무런 계획 없이 충동적으로, 하지만 당시 가장 이성적인 선택으로 회사를 그만뒀다. 지나친 스트레스와 심리적 불안이 엎친 데 덮친 격으로 몰려오던 시기였다. 모든 가족과 친구들은 나의 선택을 기꺼이 존중해 줬고, 덕분에 모아둔 퇴직금과 따뜻한 엄마 밥을 야금야금 까먹으며 집 지키는 백수로 지낼 수 있었다. 드문드문 작게 들어오는 소일거리로 연명하는 프리랜서로 지낸 지 얼마나 됐을까, 고정적인 수입과 라이프 루틴의 필요성을 느꼈다. 회사라는 조직으로 돌아가고 싶은 생각은 여전히 없었기에 대신 마음이 향한 곳은 파트타임 아르바이트였다.

책을 읽고 글을 쓰는 학원이었다. 내가 맡은 업무는 일주일에 세 번, 일곱 시간씩 독서 학원에서 초등학교, 중학교 아이들의 독서 교육을 지도하는 일이었다. '제발 책 좀 읽으라'는 엄마 잔소리를 전혀 듣고 자라지 않은 나로서는 이게 무슨 가당키나 한 소리인가 싶었다. 오히려 하라는 공부는 안 하고 허구한 날 책만 읽어서, 길을 걸어 다니면서도, 달리는 차 안에서도 소설책을 쥐고 살아서 '제발 책 좀 놓으라'는 잔소리를 듣고 자랐는데(이쪽이 더 유난인가!).

주요 업무 중 하나는 아이들의 독서력을 진단하는 일이었다. 분당 얼마나 많은 글자와 단어를 소화하는지, 한 문단을 읽고 내용을 얼마나 이해했는지, 얼마나 많은 어휘를 알고 있는지 등을 체크한 뒤 각 점수에 따라 레벨을 나눴다. 그러고 나면 아이들은 각 레벨에 맞는 추천 도서를 읽는다. 책을 다 읽은 후에는 얼마나 그 도서를 잘 이해했는지 짧은 테스트를 본다. 등장인물 간의 관계를 맞히기도 하고, 책 속 어휘를 공부하기도 한다. 진단받은 점수가 높으면 글밥이 더 많은 도서로 올라가고, 점수가 낮으면 그 레벨에 남아 다른 도서들을 읽는다.

고사리만 한 손으로 책 한 권 제대로 들기도 힘든 어린아이부터 여드름이 빨갛게 익은 중학생 친구들까지 골고루 있었다. 나는 아이들에게 배정된 책을 찾아 건네주고, 책을 다 읽은 뒤 아이들이 쓴 독서 활동지를 살폈다. 맞춤법을 고치고, 몇 가지 질문을 재차 던지기도 했다. 아이들이 자기 생각을 확장할 수 있도록, 혹은 보다 더 정확하게 글을 이해할 수 있도록. 가끔은 그냥 생각 없이 그림책만 읽어도 좋을 아이들에게 너무 지나친 숙제를 주는 게 아닌가 싶어 마음이 아프다가도, 책 속의 멋진 세상으로 자유롭게 헤엄을 치는 아이들의 모습을 볼 때면 걱정은 금방 사라지고 제법 신이 났다.

그중에는 같은 책을 읽어도 유난히 호기심이 가득한 친구들이 있었다. 그런 아이들은 독서 활동지의 글도 재밌었다. 이를테면 '눈, 귀, 팔이 하나밖에 없지만 힘이 가장 센 주인공의 이야기였어요. 이 글을 읽고 주인공에게 궁금했던 점을 적어보세요'라는 질문지에 '너는 몸이 반쪽밖에 없는데 어떻게 그렇게 힘이 세니?'라는 답변을 적어내는 식이었다. 아이의 손을 잡고 당장이라도 주인공을 찾아가 반쪽짜리 몸의 힘의 원천은 어디서 오는지 묻고 싶을 만큼 귀여운 발상이었다. 책을 깊게 몰입해서 읽고, 여러 번 상상해서 읽는 아이들의 질문은 그렇게 읽지 않은 친구들의 것보다 훨씬 더 독특하고 개성 있었다. 그런 과정이 재밌어 사실 확인을 위한 질문보다는 상상할 수 있는 질문을 자주 던지는 편이었는데, 그렇게 질문을 주고받다 보면 아이들도 나도 책을 입체적으로 이해할 수 있어 즐거웠다.

그런 훈련을 하면서 느낀 건 독서력이란 타고난 부분도 있지만, 연습의 영역이기도 하다는 점이었다. 주인공과 작가에게 질문을 던져도 보고, 자기만의 상상을 덧입혀 더 넓은 세계관을 구축하며 책을 읽다 보면, 점점 더 뚜렷하게 자기 생각이 근거를 갖추고, 더 폭넓은 이야기를 꺼내게 된다. 그리고 무엇보다 책 속 이야기를 더욱 사랑할 수밖에 없다.

공연도 마찬가지다. 그냥 앉아서 보는 것과 호기심을 갖고 적극적으로 상상하고 몰입하는 것은 엄청난 차이가 있다. 아는 만큼 보이고, 보이는 만큼 안다지만, 열심히 보는 자를 이길 수는 없다. 같은 폰트와 같은 질감으로 만들어진 책 한 권도 어떤 생각과 마음으로 보느냐에 따라 감상이 천차만별 달라지는 마당에, 생동감 있게 날뛰는 무대는 오죽할까. 무대에 놓인 여백까지 놓치지 않고 호기심을 갖고 열심히 관찰하고 상상하며 살펴본다면, 그 재미는 더욱 깊어질 수밖에.

공연을 더 선명하고 재밌게 보는 연습은 어떻게 할 수 있을까? 더군다나 공연은 봤던 걸 다시 또 돌려볼 수도 없는데. 한 번을 보더라도 깊고 넓게, 정확하고 다채롭게 볼 수 있도록 도움을 준 건 글쓰기였다. 사실 처음에는 글쓰기가 어떤 도움이 될 거라는 생각을 하고 시작한 건 아니었다. 비싼 돈을 지불하고 본 공연인데도, 시간이 흐르고 세월이 지나면 공연의 기억은 까마득하게 지워진다는 점이 아쉬워 글을 쓰기 시작했다. 처음엔 어떻게 글을 써야 할지 몰라 기억에 남는 모든 것을 두서없이 적었다.

그러다 보니 언제부턴가는 적어 내려간 많은 단어와 휘날리는 문장들 사이 행간의 관계를 살피고 의미를 찾기 시작했다. 짧든 길든 나만의 감상을 오롯하게 남기게 됐고, 시간이 흐르면서 조금씩 글의 색채가 선명해졌다. 어느 날엔 그저 감동적이라는 미사여구만 가득했다면, 또 어느 날에는 어떤 부분이 그렇게나 감동적이었는지 탄탄한 이유가 덧입혀졌다. 그리고 또 다음 날에는 대사를 여러 번 곱씹으며 새로운 의미를 발견하기도 했고, 또 어떤 날은 여러 상상을 추가하며 여러 색채의 문장으로 공연을 추억했다. 그렇게 갓 지은 글을 묵혀뒀다가 다시 꺼내 읽으면, 공연 한 편보다 더 값진 생각의 창고가 두둑해진 듯한 기분이 들었다. 글을 다시 읽고 쓸수록, 공연을 보고 내 언어로 이를 소화하는 과정은 공연을 보다 깊게 이해하는 데 확실히 큰 도움을 준다는 걸 알게 됐다. 물론, 누군가 읽어주길 바라며 쓴 글이 아니라 지나치게 솔직할 때가 많아 화끈거리기도 하고. 제대로 된 감정 묘사는 생략하고 그저 눈물의 물결만 가득하거나(ㅠㅠㅠ), 어떤 포인트가 즐거웠는지는 모조리 생략하고 그저 자지러질 때(ㅋㅋㅋ)도 있긴 했지만.

그래도 다행인 점은 공연에는 정답이 없다는 점이었다. 나는 날 적부터 수학 포기자였는데(사실 엄밀히 말하자면, 수학 공부를 나름 열심히 시도하기는 했으니 '수포자'라는 말이 어울리진 않는다) 정해진 규칙과 공식에 따라 답을 구해야 한다는 점, 그리고 대부분 단 하나의 정답만 존재한다는 점, 무엇보다 그 정답이, 내가 열심히 풀어낸 답과는 다를 때가 많다는 점에서 자주 허탈해졌다.

하지만 다행히 공연에는 정답이 없었다. 내 생각을 열심히 열심히 살피고, 귀 기울여 듣고, 두근거리며 관찰할 수 있었고,

묵묵히 적고, 상기하고, 회상하는 일은 그 어떤 공식에도 얽매일 필요가 없어 자유로웠다. 알끈이나 덩어리를 제거하기 위해 달걀을 체에 거르는 것처럼, 찐득하게 붙어있는 여러 생각들을 탈탈 털어내고 분리해 정돈된 모습으로 잘 남기는 과정 역시 즐거웠다. 내가 좋아하는 이야기와 열광하는 포인트, 사랑하는 순간을 정갈하게 정돈하는 일은 마치 예쁜 접시에 음식을 먹음직스럽게 차려내는 일처럼 단순히 배를 채우는 행위 그 이상의 만족감을 줬다. 공연 감상 후 글을 쓰는 습관은 글쓰기 근육보다 공연을 보는 근육을 키워줬다. 나만의 정답을 만들어 가며 공연을 즐기고 해석하는 즐거움이랄까.

덧붙여 생긴 습관은 공연과 관련된 작품들을 찾아 읽는 것이었다. 공연을 보기 전후로는 꼭 원작 영화를 보거나 원작 소설을 챙겨 읽는다. 일정에 쫓겨 그럴 여유가 없을 때도 있지만, 그래도 기왕이면 최대한 원작을 찾아 읽으려 한다.

대학생 시절, 카프카의 연극을 볼 때는 카프카의 원작 책들을 한 아름 쌓아두고 읽었다. 서점이나 학교 도서관에 원하는 책이 없어 지하철을 타고 한 시간이 넘는 거리를 달려 다른 도서관까지 찾아간 적도 있다. 공연과 크게 상관없는 관련 서적까지 찾아 읽으며, 극에서 발견한 메시지를 엮고 반추할 때면 더 없이 풍성한 지적 욕망이 가득 채워지기도 했다.

'학교 공부를 그렇게 했으면 내가 어쩌고저쩌고…'라고 스스로도 생각하며 원작 도서들의 사이를 열심히 유영했다. <맨

오브 라만차>를 볼 때는 학교 도서관에서 가장 오래된 버전의 《돈 키호테》를 빌려 읽었다. 노랗게 종이가 다 바랜 책의 가격은 3,000원이었고, 책의 맨 뒤에는 대출일과 대출자명을 수기로 남기는 도서 대출표가 붙어있었다. 삐뚤빼뚤 적힌 과거의 이름을 훑으며, 나는 그 책을 발견한 것만으로도 왠지 오래된 보물을 발견한 것처럼 뿌듯한 기분이 들었다.

공연을 고르는 관객은 그 어떤 제품을 구매할 때보다 신중하다. 제품을 경험하지 못한 채 베팅을 해야 하는 건 모든 시장이 다 비슷하지만, 환불이나 A/S 같은 정책이 없는 이 시장에서는 아무렴 당연한 마음이다. 그래서 기왕이면 공연을 더 잘 보고 싶다는 욕심은 모든 관객에게 통하는 마음일 것이다. 비싼 돈을 지불한 만큼, 기왕이면 더 깊게 보고 싶고, 더 또렷하게 기억하고 싶은 그런 마음. 그 어떤 공연도 매일 같은 공연으로는 존재할 수 없어서 왠지 그 비장함은 더욱 커진다. 오늘을 '박제'하고 싶은 마음이 굴뚝같이 솟아나는 것도 그 때문이 아닐까. 그럴 때면 내가 할 수 있는 최선을 다해 이 공연을 사랑해 보기로 결심한다. 무대 위 곳곳을 향해 다정한 시선을 보낸다. 공연의 감동을 그림으로, 글로 적어보기도 하고, 프로그램북을 오리고 붙이며 나만의 다이어리를 만들어 보기도 하고, 원작 소설을 천천히 아껴 읽으며 공연의 즐거움을 회상해 보기도 한다.

어쩌면, 아름다움은 부단한 노력을 통해 발견될 수 있다는 걸 나는 극장을 쏘다니며 배웠다. 노랫말 너머, 글자 너머의 세상에 열심히 노력을 기울일수록 눈앞의 세상은 한 뼘 더 다채롭게 빛난다.

보는 만큼 보인다는 건 절대적 진리다. 그러니 더욱 다채로운 세상을 만나기 위해 기왕이면 더 열심히, 또 열렬히 볼 수밖에. 내일의 감상이, 내일의 상상이 더욱 신나는 이유다.

쓸모없는 것들이 우리를 위로하니까

취미가 많은 엄마가 근 몇 년 동안 가장 많은 시간을 보낸 취미는 수영이다. 엄마가 다니는 수영장은 동네 주민들을 위한 수영장으로, 저렴한 수강료를 자랑하는 대신 3개월마다 수강생을 무작위로 뽑는다. 엄마는 한동안 수강생으로 운 좋게 매 분기 선발됐지만, 지난달 처음으로 탈락의 고배를 마셨다. 수강생이 되지 못한 엄마는 종일 우울해했다.

"그럼, 이제 수영장을 아예 이용할 수 없는 거야?"

내가 물었다.

"아니, 강습은 못 받는데 자유 수영 시간에 혼자 수영할 순 있어."

엄마는 울적한 목소리로 답했다.

"수영장 이용을 못 하는 것도 아닌데 대체 뭐가 문제야?"

"강습을 못 받잖아, 강습을. 아직도 배울 게 천지인데."

엄마는 곧 울 것 같은 얼굴이 됐다. 수영을 배워본 적 없던 엄마는 물 위에 동동 뜨는 것부터 배웠다. 킥판을 잡고 물에서 발을 차는 법을 배웠고, 호흡하는 법을 배웠고, 팔 돌리는 법을 배웠다. 자유형을 배운 뒤에는 배영을 배웠다. 그다음은 평영을 거쳐 접영. 엄마는 접영이 가장 어렵다고 했다. 수영이 끝나고 집에 돌아온 엄마는 귀에 물이 찼는지 한쪽 귀를 기울인 채 반대쪽 손으로 다른 귀를 툭툭 치며 말했다.

"오늘 물을 너무 많이 먹어서 배가 불러."

엄마는 잠이 안 올 때면 유튜브에 '접영 잘하는 법'을 검색했다. 이미 시청을 완료했다는 의미의 빨간색 스크롤바가 떠 있는 영상인데도 봤던 영상을 보고 또 보고 돌려봤다. 엄마는 시선을 TV에 둔 채 두 팔을 여러 번 공중에서 휙휙 돌리며 말했다.

"처음에는 정말 어려웠거든. 힘이 너무 많이 들어가서 영 속도가 안 나는 거야. 근데 오히려 힘을 빼니까 자세를 잡기 편하더라고. 힘을 빼면 뺄수록 더 멀리 나아갈 수 있어. 이제는 쉬지 않고 레일 끝에서 끝까지 세 번이나 왕복으로 헤엄친다니까."

매일의 물살을 가르며 자신을 훈련하는 사람의 말에는 어쩐지 힘이 있었다. 일상적인 대화를 툭툭 내뱉는 엄마의 말을 듣다가 왠지 밑줄을 긋고 싶은 문장들이 선명하게 눈에 보였다. 나는 조용히 엄마의 말을 듣다가, 엄마에게 수영 일기를 써보라고 했다.

“엄마, 수영 일기를 써보는 거 어때? 매일 수영이 끝나면 매일 오늘 훈련의 후기를 적는 거지. 딱 한 줄이어도 좋아. 그림을 그려도 좋고. 엄마가 글 쓰면, 내가 책 만들어 줄게.”

하루가 다르게 성장하는 엄마의 수영 실력과 건강한 생각들을 오래오래 들여다보고 싶었다. 엄마도 모르게 쑥쑥 자라난 성장 과정을 손에 잡히는 물성의 기록으로 남겨보고 싶었다. 하지만 엄마는 궁둥이를 붙이고 책상에 앉아 꼼지락대는 일만큼은 영 싫어하는 사람이었다. 아침에는 출근하느라 바빴고, 퇴근 후에는 빨래를 개며 밀린 드라마를 챙겨 보고, 유튜브를 보며 반찬을 만들고, 그래도 시간이 남으면 땀을 뻘뻘 흘리며 달리기를 해야 했다. 덕분에 그녀의 수영 일기는 날짜 한 번 기록되지 못한 채 끝이 났다.

그런 엄마에 반해 기록은 내게 오래된 친구 같은 존재였다. 쉽게 싫증을 내고 귀찮아하는 편인데도, 일기 쓰기만큼은 그래도 꾸준히 해온 몇 안 되는 일 중 하나였다.

초등학교 때는 일기 쓰는 일이 숙제였다. 모든 숙제는 하기 싫기 마련인데, 일기 쓰기만큼은 예외적으로 즐겁고 재밌었다. 일기가 쓰기 싫은 날에는 그림을 그리거나 시를 썼다. 좋아하는 친구들 이야기를 적기도 했고, 열심히 본 만화 영화에 대해 적기도 했다. 가끔은 지구를 지키자는 다소 비장한 다짐을 쓰기도 했다. 지금 와서 생각하면 선생님이 왜 학생들의 일기를 보는 건지 알 수 없지만, 당시에는 그 권력 자체에 대해 의문을 품지도 않았다. 오히려 일기를 다 쓰고 나면, 일기 검사를 마친 선생님이 가끔 달아주시는 코멘트를 읽는 것이 기다려졌다. 코멘트 대신 휘갈겨 쓴 선생님의 사인만 있을 때면, 왠지 섭섭한 기분이 들곤 했다.

그렇게 차곡차곡 일기를 썼지만, 내가 가진 모든 일기장은 세상에 없다. 왜 세상에 없냐고? 장본인은 나다. 중학생 무렵 남들보다 사춘기를 더 크고 뾰족하게 겪었던 나는 스트레스와 외로움을 일기장에 다 쏟아냈다. 그러다 책장 속 초등학교 시절의 일기를 발견했다. 사춘기의 눈으로 바라본 어린 시절의 일기는 귀엽다는 인상보다는 부끄럽고 창피하다는 마음이 더 컸다. 결국 초등학교 6년 치 일기를 죄다 버렸다. 시간이 한참 흐른 뒤 성인이 되고 나서야 그날의 선택을 깊이 후회하고 또 후회했다.

그날의 후회 덕분인지, 나이를 먹은 지금도 다양한 방식의 기록을 소중히 하고 있다. 스무 살 유럽으로 배낭여행을 갔을 때 썼던 여행 일기, 중학교 때부터 매년 쓰던 다이어리, 연기 공부를 할 때 썼던 배우 일지 등등. 여행을 가면 설렘이 담긴 티켓을 붙이고, 영수증도 차곡차곡 모았다. 글씨가 지워질까 봐 영수증 위에 투명 매니큐어를 발라 보관하기도 했다. 함께 여행을 떠난 친구들의 사인을 받거나, 그날 나눴던 대화를 적어두기도 했다. 사회 초년생 시절에는 '연차 일기'도 썼다. 1년

중 단 15일뿐이었던 휴가를 허투루 쓰지 않겠다는 다짐을 담아, 연차를 어떻게 보냈는지 기록한 일기였다. 그 다이어리의 이름은 '영차, 연차'라고 붙였다.

연기 공부할 때 썼던 배우 일지
발성이나 신체 훈련, 대본 분석이나 공연 감상 등 연기와 관련된 여러 수련을 하면서 느꼈던 점이나 주간 목표를 적었다. 연극이나 영화를 보면서 노트 테이킹을 하기도 했다.

여행 갈 때마다 쓰는 여행 일지
여행지에서 생긴 무수한 추억(혹은 누군가에게 쓰레기라고 취급받는)을 담는다. 비행기 티켓, 마트 영수증, 선물 포장지, 여행 팸플릿, 박물관 지도, 일회용 컵홀더, 하다 못해 티백에 대롱대롱 달린 자그만 종이나 젓가락 포장지까지! 여행의 모든 순간에서 얻은 굿즈들을 소중히 모아 온다.

필라테스 일지
수련이 끝나고 나면 그날 배운 자세나
호흡법 등을 기록했으나 도통 잘 기억이 나지 않아
얼마 안 가 관뒀다.

관극 일지
공연을 본 뒤 줄거리나 느낀 점을 쓴다.
공연 팸플릿을 찢어서 붙이기도 하고,
마그넷이나 키링의 포장지를 활용해
꾸미기도 한다.

연차 일지
회사원 시절, 1년에 몇 개 없는 연차를
어떻게 보냈는지 적어두었던 일지로 영차영차
부지런히 연차를 즐기겠다는 마음에서
이름을 지었다.

이 모든 기록이 과연 어떤 기능을 했는지, 어떤 유효하고 긍정적인 영향으로 이어졌는지는 솔직히 잘 모르겠다. 다만 어딘가에, 언젠가는, 쓸데가 있을 거란 생각으로 썼다.

관극 다이어리도 이런 기록 습관에서 자연스럽게 이어졌다. 티켓 북은 부피가 점점 커져 보관하기가 부담스러웠고, 공연에 대한 감상이나 단상을 따로 남기기도 어려웠다. 그래서 원래 쓰던 일기장에 자연스럽게 관극 후 감상이나 생각들을 쓰기 시작했다. 공연장에서 주워 온 포스터와 티켓을 붙이고, 굿즈로 산 스티커를 곁들였다. 포스터나 스티커가 없어도 괜찮았다. 극의 색채를 닮은 페이지를 내 방식대로 만들어 보는 것만으로도 충분했다. 늦은 밤, 공연에서 들었던 음악이나 그 분위기에 어울리는 곡을 틀어놓고 천천히 공연의 감상을 기록했다. 매일 다른 하루를 일기장에 적듯, 매일 다른 모습으로 펼쳐지는 공연의 감동을 적는 일, 닮은 듯 다른 모습으로 시시각각 변주하는 순간을 기록하는 일은 어느새 내가 가장 좋아하는 시간 중 하나가 되었다.

관극 다이어리를 쓸 때 가장 유용했던 건 '육공 다이어리'였다. 여섯 개의 구멍이 뚫린 속지를 링 바인더에 끼워 쓰는 방식으로, 낱장 하나씩 꺼내서 기록할 수 있어 편했다. 페이지 순서를 마음대로 바꿀 수 있어 공연의 색깔이나 계절별로 묶어둘 수 있었고, 날짜나 요일이 표시되어 있지 않아 밀릴 부담도 없었다. 왠지 마음에 들지 않는 페이지는 가볍게 빼낼 수 있다는 점에서도 자유로웠다.

오랜 기간 동안 육공 다이어리를 고집하다가, 최근에는 하루 한 장씩 기록하는 데일리 다이어리를 하나 장만했다. 관극 후 가볍게 꾸준히 기록하려던 의도였지만, 포스터와 스티커를 덕지덕지 붙이는 나 같은 맥시멀리스트 기록가에게는 영 잘못된 선택이었던 듯싶다. 고작 세 달 치 공연만 기록했을 뿐인데도 벌써 두께가 제법 불어나 우스꽝스러운 모양이 됐다. 아마 이 다이어리를 다 채우고 나면, 다시 두께 걱정 없는 육공 다이어리로 돌아가게 될 것 같다.

'난 정말 꼭 알고 싶어 영원한 추억을 갖는 법
마법 같은 순간 지나가지 않게 간직해 두는 법
사라지지 않게 시간을 병 속에 담을까
언제나 다시 열 수 있게 매일을 그날처럼 살게'

<레베카>의 '나'는 노래한다. 영원한 추억을 갖는 법을 알게 해달라고. 그 방법을 알 수는 없지만, 그래도 이따금씩 서랍 속에 가득 찬 다이어리를 볼 때면 이런 생각이 든다. 어쩌면 이것이야말로 마법 같은 순간이 지나가지 않게 간직해 두는 방법일지도 모르겠다고. 다이어리를 펼치면 언제라도 그 시간으로 돌아간 것 같은 기분이 든다. 공연이 끝난 직후 행복과 설렘이 가득 담긴 그날의 내가 생생하게 떠오른다.

게다가 기록은 잊히고 휘발된 기억을 재생시키기도 한다. 인간의 기억력은 얼마나 한계가 많은지! 한번은 조승우 배우의 <맨 오브 라만차>를 볼 때였다. 그의 공연을 본 게 처음이었던 나는 블로그에 열심히 공연 감상을 썼다. 조승우 배우가 얼마나 연기를 잘하는지! 얼마나 멋진 무대를 보여줬는지! 손이 닳도록 글을 쓴 뒤 발행 버튼을 눌렀다. 그러다 문득 이상한 기시감이 들었다. '혹시나' 싶어서 블로그에 '조승우'라는 단어를 검색하자, 수년 전 아주 먼 옛날의 내가 그의 <맨 오브 라만차>를 보고 써둔 후기 글이 있었다.

공연의 감정은 시간이 지나면 흐려지기 마련이라지만 어떻게 그럴 수가 있는 건지. 한계가 가득한 나의 기억력에 좌절하며 다시 한번 기록의 중요성을 느꼈던 시간이었다.

기록은 빠르게 사라지고 흩어지는 기억을 다시 불러올 수 있는 열쇠라는 점에서 그때의 공기와 조명, 배우의 표정, 한 줄의 대사까지 열심히 기록하려고 노력한다. 열심히 묘사하고 기록할수록, 그날의 추억은 더 오래, 더 진하게 머물 테니까. 그런 의미에서 공연을 본 뒤 기록을 남기는 일은, 단순히 감상을 적는 것 이상의 의미가 있다.

아직도 볼 게 천지인 세상이다. 보고 보고 또 봐도 보고 싶은 게 공연이고, 봐도 봐도 또 봐야 할 게 남아있는 게 이 세상이다. 그런 세상 속에서 나는 기록을 통해 공연을 담는다. 글을 쓰고 정리하며 내 마음을 들여다보고, 좋았던 구간을 꼭꼭 씹어 복습하며 좋았던 이유를 곱씹기도 한다. 수많은 공연이 쌓이고, 그 속에서 나의 취향과 관심, 감정의 결이 드러난다. 한 권의 노트, 한 폴더의 파일이 곧 관객으로서 나의 연대기가 되는 셈이다. 선명했던 그날의 감동은 시간이 흘러도 여전히 유효한 감동을 주기 마련이니까. 그날의 내가 무엇을 보고 웃고 울었는지, 무엇에 마음을 빼앗겼는지 살펴보는 일은 왠지 타인의 일기를 읽는 것처럼 비밀스럽고 은밀하고 무엇보다 재밌다.

무대가 막을 내리는 순간, 내 노트 속에서는 또 다른 막이 오른다. 내가 만난 오늘의 무대를 더 오래 간직하기 위해, 오늘도 나는 펜을 잡는다.

너무나도 아름다운,
너무나도 나다운

아빠는 내가 유치원을 다닐 때 대학생이 됐다. 재직자 전형으로 대학에 다녔기 때문이었다. 사진첩에는 아빠의 졸업식에 간 어린 나의 사진이 있다. 늦은 배움에 대한 한이 맺혔던 건지 아빠의 꿈에는 자식들을 유학 보내기도 있었다. 아빠는 한국이 너무 좁다고 생각했고, 먼 곳에 더 넓은 세상이 있다고 믿는 부류의 사람이었다. 아빠의 친한 친구가 독일에서 목회 일을 하고 있었고, 아빠는 친구 찬스를 통해 자식들을 독일로 보내고 싶었다. 철학과 인문학의 나라, 시인과 예술가들의 나라. 독일은 심지어 학비도 적게 들었다.

계획보다는 즉흥적으로 움직이는 아빠는 비자나 유학 조건, 이민 계획 같은 건 하나도 세우지 않고 무작정 독일어 강좌를 듣게 했다. 내가 독일어를 가장 처음 배운 곳은 남산에 있는 독일 문화원으로, 겉보기엔 1층짜리 아담한 건물이지만 지하 3층 규모로 깊고 비밀스러운 벙커 같은 곳이었다. 나는 그곳에서 일주일에 세 번, 하루에 두 시간 반씩 수업을 듣는 '집중 독일어 강좌'를 들었다. 독일문화원은 국영수를 가르치는 일반 교습 학원이나 다른 독일어 학원에 비해서도 수강료가 훨씬 비싼 편이었지만, 아빠는 그런데도 기어코 그 수업을 듣게 했다. 언어는 집중적으로 공부해야 빨리 는다는 게 아빠의 주장이었다. 치, 연기 학원은 안 다니는 게 어떠냐고 그렇게 회유했으면서!

집중 독일어 강좌를 들을 수 있는 나이는 만 16세부터였다. 나는 고등학교 1학년이었지만, 아직 생일이 지나지 않은 탓에 15세에 불과했다. 내가 들을 수 있는 수업은 11세부터 15세까지의 학생들로 이루어진 청소년 독일어 강좌였다. 주 1회 네 시간 진행되는 수업이라 그런지, 청소년 강좌에는 집중이라는 단어가 없었다. 집중 독일어 강좌는 두 달 동안 예순아홉 시간을 배울 수 있는데, 청소년 강좌는 반 토막 난 서른두 시간을 배우는 셈이었다.

"애가 학교를 일찍 가서요. 한국에서는 고등학교 1학년이에요."

결국 나는 학원의 양해를 구하고, 집중 독일어 강좌의 가장 막내가 되었다. 알파벳조차 읽을 줄 모르는 상태로 수업을 들으러 갔다. 한국어를 못하는 원어민 선생님이 가르치는 수업이면 어떡하나 걱정했는데, 교실에서 나를 반겨준 건 짧은 머리에 작은 눈을 가진 한국인 여자 선생님이었다. 독일과는 정말 거리가 멀어 보이는 생김새였다.

"Bitte, nennen Sie mich Frau Park."

(나를 프라우 박이라고 불러주세요.)

다분히 한국적인 외모와 달리 선생님은 결코 한국어로 얘기하는 법이 없었다. 모든 수업을 독일어로 진행했고, 모르는 단어를 설명할 때도 독일어로 설명했다. 강좌를 듣는 학생 중에는 건축 회사에 다니는 직장인도 있었고, 독일어를 전공하는 대학생 오빠도 있었다. 독일 음대로 유학을 준비하는 졸업반 언니도 있었고, 퇴직 후 나이가 지긋한 아저씨도 있었다. 거기서 교복을 입은 애는 나밖에 없었다.

'나는! 알파벳도 읽을 줄 모르는데!'

다른 사람들은 독일어를 얼마나 배웠는지, 나처럼 아무것도 모르는지, 아니면 그래도 왕초보 대화 정도는 할 수 있는 건지 궁금했지만 나는 너무나도 수줍은, 심지어 나이까지 속여가며 들어온 고등학생이었기에 아무런 질문도 할 수 없었다.

프라우 박은 나를 딩고라고 불렀다. 고딩을 거꾸로 한 단어였다.

'딩고! 다음 문장을 읽어볼까요? 보이는 그대로 읽으면 돼요'

(라고 독일어로 말했다.)

수업 시간에는 내내 긴장감을 놓칠 수 없었다. 당최 무슨 말인지 한마디도 알아들을 수가 없는 파도 속을 헤엄치는 느낌이었다. 한 마디라도 놓치는 순간 깊고 어두운 망망대해에 표류되는 것 같은 기분이 들었다. 게다가 언제 어디서 프라우 박이 내게 발표나 질문이라는 과업을 줄지 몰랐다. 읽는 방법도 모르는 글자들을 겨우 더듬더듬 따라가며 듣고, 읽고, 썼다.

독일어는 영어와 똑같은 알파벳을 쓰면서도 읽는 방법은 완전히 달랐다. pause라는 단어는 독일어로도 영어로도 멈춘다는 뜻이지만, 포즈가 아닌 '파우제'라고 읽는 식이었다. 난항을 겪긴 했지만 프라우 박의 인도와 도움을 받아 차근차근 드넓은 독일어의 바다를 헤엄치는 일은 제법 재밌었다.

"Hallo, Ich bin Sunbin."

(안녕, 내 이름은 선빈이야.)

분더비니의 본명은 선빈이다. 이름의 영어 표기는 초등학교 때부터 SUNBIN으로 쓰고 있다. 아주 나중에야 영어 공부를 하다가 BIN이라는 단어가 쓰레기통을 의미한다는 걸 알게 됐다. 빈이라는 이름을 가진 한국인들의 대부분이 하는 고민처럼 쓰레기통을 의미하는 bin을 이름에 쓰는 게 조금 고민이 됐다. 그렇다고 bean을 쓰자니 이건 또 너무 콩이고, beane이라고 쓰기엔 왠지 복잡하고. Vincent의 애칭인 Vin이 나쁘지 않은 것 같아 스펠링을 바꿔 써볼까 했지만, 독일어를 배우면서 bin이라는 단어가 마음에 들기 시작했다. 주어의 존재와 상태를

뜻하는 be 동사가 독일어에서는 bin으로 쓰이기 때문이었다. 나는 존재한다! 왠지 철학적이잖아!

다음으로 또 내 발목을 잡는 건 'SUN'이라는 가운데 이름이었다. 독일어에서는 S는 슈, 스, 즈의 발음으로 불린다. S로 시작하는 단어들은 Straße(슈트라세), Spiegel(슈피겔)처럼 발음이 슈로 시작되는 경우가 있고, Das(다스), Haus(하우스)처럼 단어 끝 혹은 자음 앞에서는 주로 스로 발음되는 경우가 있다. 그에 반해 모음 앞에 S가 있을 때는 지읒 발음이 난다. Rose는 로제로, Sohn는 존으로 읽힌다. Sonnenschirm, 양산을 의미하는 이 단어 '존넨쉬름'이라는 재미있는 단어로 읽힌다.

독일어를 배우면서는 모두가 나를 준빈이라고 불렀다. 건축회사에 다니는 직장인도, 독일어를 전공하는 대학생 오빠도, 음대 유학을 준비하는 졸업반 언니도, 퇴직 후 나이가 지긋한 아저씨도! 프라우 박을 비롯한 독일 문화원에 있는 모든 선생님들도! 그때만 해도 독일어를 배우는 한국 친구들의 장난쯤으로 넘겼는데, 독일어를 배우며 만난 독일인 친구들이 내 이름을 보자마자 아무 의심 없이 '준빈!' 하고 부르는 순간, 그제야 나는 사태의 심각함을 깨달았다.

"준빈이 아니고 선빈이야. 태양할 때 그 SUN. 차라리 Schön이 더 가깝겠어."

독일어로 '예쁜'을 의미하는 단어는 Schön으로 '쇤'이라고 부른다. 준빈이 아니라, 쇤빈이 더 가깝다고 능청을 떨며 매번 해명 아닌 해명을 했다. 그런 해명을 연이어 하다 보니 왠지 그 이름이 썩 마음에 들었다. 공주병에 걸려서가 아니라 Schön이라는 단어는 외적으로 예쁜 것만을 의미하진 않았기 때문이다. 고맙다고 인사할 때도(Danke Schön, 당케 쇤!), 좋은 하루를 보내라고 인사할 때도(Schönen Tag, 쇠넨 탁!), 멋진 것을 볼 때도 'schön!(멋진데!)'이라고 쓸 수 있었다. 거기서 더 강조된 표현은 'wunderschön!'이었다. '아주 멋지다! 원더풀하다!'는 뉘앙스로 사용되는 감탄사다. 나의 아이덴티티를 분더쇤빈으로 가져가기로 마음먹고 SNS 계정을 바꿨다. 친구들의 대다수는 독일어로 이게 무슨 뜻인지, 어떻게 읽는지조차 몰랐지만 상관없었다. 대신 독일어 수업과 독일인 친구들을 만날 때면 자신 있게 나를 소개했다.

"안녕 내 이름은 쇤빈이야. 분더쇤! 할 때 바로 그 쇤."

외국어 초급생들을 위한 기초 회화 주제 중 하나는 '좋아하는 책'이다 좋아하는 책에 대한 회화 주제는 가족 소개, 좋아하는 음식, 취미 생활과 함께 정말 자주 등장하는 주제였다. 영어 선생님이 좋아하는 책을 물으면 당연히 《빨간 머리 앤(Anne of green gables)》을 대답했는데, 신기하게도 독일어 공부를 할 땐 《빨간 머리 앤》 대신 《젊은 베르테르의 슬픔(Die Leiden des jungen Werthers)》이 먼저 생각났다. 당시만 해도 별로 그렇게 좋아하는 책은 아니었는데, 아마 책의 원제가 독일어로 빠르게 생각나는 책이 유일하게 그 책뿐이었기 때문이었다.

그래서 좋아하는 이유도 남들처럼 천편일률적이었다. 독일 문학의 대문호가 쓴 책이야, 편지 형식으로 이뤄져 있지, 로테를 향한 베르테르의 사랑이 인상적이었어 등등. 그렇게 정해진 문장을 줄줄 외던 어느 날, 제대로 베르테르를 읽어봐야겠다는 생각이 들어 책장을 펼쳤다. 다시 읽은 베르테르는 격렬하게 내 마음에 요동쳤다. 베르테르의 편지에 한 줄, 두 줄 밑줄을 그으며 답신을 끄적일 정도였다.

이렇게 고통스러운 이야기는 뮤지컬로도 있다. <베르테르>는 한국에서 창작된 뮤지컬로, 2000년 초연 이후 2025년에 25주년이 맞은 뮤지컬이다. 처음에는 원작과 동일하게 <젊은 베르테르의 슬픔>이라는 이름이었다가 2013년부터 <베르테르>라는 이름으로 바뀌었다.

개인적으로 <베르테르>는 뮤지컬보다 원작으로 만나는 편이 더 좋았다. 원작에 담긴 섬세하고 치밀한 고통을 단 두 시간 정도의 시간으로 담아내는 일은 사실상 정말 어렵기 때문이다. 그래도 텍스트를 통해 만났던 베르테르를 무대 위에서 만날 수 있었던 점은 좋았다. 알베르트와 롯데, 베르테르가 눈앞에서 생생하게 움직이는 모습을 볼 수 있는 것도 반가웠고, 베르테르의 마음을 정성스레 녹여낸 노래를 듣는 일도 사무치게 마음이 아팠다.

<베르테르>에서 가장 좋아하는 넘버는 <발길을 뗄 수 없으면>이다. 이 넘버의 가사를 조그맣게 읊조리기만 해도, 로테를 향한 베르테르의 마음이 절절하게 전해져서 마음이 아프다.

'나 그대 이제 이별 고하려는데
내 입술이 얼음처럼 붙어버리면
나 그대 차마 떠나려는데
내 발길이 붙어서 뗄 수가 없으면…'

독일어를 배우면서 한국에서 '슬픔'으로 번역되는 독일어 'Leiden'은 슬픔보다 더 높은 수준의 고통을 의미한다는 걸 알게 됐다. 축약된 스토리에도 불구하고 베르테르의 고통은 여전히 뜨겁고 강렬하다. 베르테르가 사랑 앞에 큰 용기를 내는 순간, 당황스러운 감정들을 마주하며 느끼는 불안, 예민하고 불완전한 감정들을 마주할 때마다 마음이 시리고 아프다. 베르테르의 모습에서 나의 불완전하고 서툴렀던 시절을 떠올린다. 따뜻한 품으로 꼭 안아주고 싶은 지난날의 나를.

고요하게 잠자는 편지로, 글자로 가만가만 존재하던 베르테르를 움직이는 인물로, 노래하는 화자로 만나는 건 참 소중하고 짜릿하고 고마웠다.

분더쇤빈이라는 아이덴티티로 흡족하게 살아가던 어느 날, 네이버 검색창에 wunderschön을 검색했다.

단어의 뜻을 보고 순간 얼굴이 빨개졌다. 아래 예문에 '좋았다'라고 쓰인 문장들이 있긴 했지만, '너무나 아름다운'이라는 단어 설명만 눈에 들어왔다. 그것도 단호한 방점이 찍혀있는.

공주병에 걸린 사람 같아 부끄러운 마음이 들면서도 아름답다는 말이 은근히 좋았다.

공연을 보고 나와서 가장 많이 느끼는 감정은 아름답다는 감정이다. 배우의 외형이 너무 멋있고 예뻐서가 아니라, 공연 자체의 미학이 너무 아름다워서 느끼는 감정이다. 특히 1인극을 볼 때 더더욱 그런 감정을 많이 느낀다. 연극 <온 더 비트>나 <살아있는 자를 수선하기>같이 배우 한 명이 여러 명의 역할을 연기해야 하는 극의 경우, 배우는 캐릭터별로 차이를 주기 위해 과장된 시늉을 하기도 하고, 이상한 목소리를 내기도 한다. 그런데도 좋은 배우가 들려주는 모든 호흡과 템포는 과잉된 것 없이 잘 어울려서 매번 감탄하고 만다.

며칠 전에는 평소 좋아하던 배우의 1인극을 보고 왔다. 이미 예전에도 봤던 공연인데도, 오히려 더 정교하게 빚어진 공연이 너무나도 아름답고 찬란해서 나는 그만 눈물이 났다. 훌륭한 배우가 빚어낸 공연은 아무리 봐도 질리지가 않는다. 그런 날에는 객석에 앉아있는 내가 고작 박수나 함성으로밖에 답가를 보낼 수 없다는 게 분하게 느껴질 정도였다. 고작 '너무나도 아름답다', '찬란하다'는 뻔한 표현밖에 할 수 없는 나에게 또 한 번 화가 났다.

'연기 차력쇼'라는 말이 괜히 있는 게 아니다. 연기 자체를 정교하고 섬세하게 빚어내는 배우의 공연을 볼 때면, 내가 새삼 관객이라는 사실이 기쁘게 느껴진다. 그런 날에는 극장을 나서는 발걸음이 특별하게까지 느껴진다. 오늘의 공연을 보지 않은 저 많은 사람들은, 심지어는 연기를 하는 배우 본인조차도 내가 만난 오늘의 순간이 얼마나 끝내주게 아름다웠는지 절대로 알지 못할 테니까.

아름답다는 말은 원래 '아(我)답다'는 말에서 왔다는 주장이 있다. 즉 나다운 것이 아름답다는 말로 확장됐다는 것. 어떤 공연을 볼 때 '아름답다'는 감정을 느끼는 건 배우가 만들어 낸 세상이 곧 그 역할답기 때문이다. 무대 위 배우는 자신의 본체의 모습을 지우고, 자신이 맡은 캐릭터 그 자체로 살아 숨 쉰다. 캐릭터로서 행동하고 캐릭터가 되어 이야기를 건넨다. 캐릭터로서 살아 숨 쉬는 이들의 모습을 볼 때면 아름답다는 말은 배우에게 어쩌면 가장 귀하고 정확한 경탄이라는 생각이 든다.

인스타그램 계정을 운영하면서 가장 큰 고민은 나다운 콘텐츠를 만들 것인가, 보편적인 콘텐츠를 만들 것이냐 하는 고민이다. 기왕이면 내 생각과 시선이 담긴 콘텐츠를 만들고 싶지만, 내 색채가 많이 묻어있을수록 대중적인 것과는 거리가 생길 수밖에 없다.

일반적으로 대중적인 콘텐츠는 나다움을 잠시 내려놓되, 보편적이고 쉽고 익숙해야 한다. 짧고 간결하고 공유하기 쉬운 콘텐츠가 바이럴도 잘되는 법이다. 그에 반해 개인의 생각이나 호흡이 긴 콘텐츠는 확산되는 속도가 느리고 더디다는 걸 안다. 그럼에도 불구하고, 천천히 느리게, 하지만 동시에 나다운 콘텐츠를 만들고 싶어 매번 딜레마를 겪는다. 여러 번의 좌충우돌을 겪으며 내린 결론은, 어렵고 힘들더라도, 느리고 더디더라도, 내 이야기를 건네겠다는 다짐이다. 내가 만난 세상과 내가 본 이야기들을 나만의 시선으로, 나만의 목소리로 건네고 싶다. 그 길이 더 오래오래 이 일을 해낼 수 있는 힘이라고 믿기 때문이다.

'너무나도 아름다운'이란 말은 왠지 부끄럽지만, '너무나도 나다운' 일이라고 생각하면 부담이 줄어든다. 내가 가고자 하는 방향과 분더비니라는 이름의 뜻이 크게 다르지 않은 듯싶다. 공연을 본 뒤 공연에 대한 단상을 이것저것 나누는 계정인

만큼 나답게 나만의 시선을 담고, 내가 아름답다고 느꼈던 모든 것들에 대해 꾸준히 예찬하고 싶다. 아름다운 것을 보고, 나답게 표현하는 이 일을.

wunderschön이라는 단어를 검색하고 다소 놀라는 사람들이 너무 많을까 봐, 다음으로는 이름의 길이가 너무 길고 어려워 가운데 있는 schön을 삭제하고 분더비니로 이름을 바꿨다. 이게 바로 분더비니라는 캐릭터 닉네임의 어원이다.

"분더비니라는 활동명은 어떤 의미에요?"

"독일어 단어 '분더(Wunder)'와 제 별명인 '비니'를 합쳐서 만든 이름이에요. 분더(Wunder)는 놀라움, 경이로움을 뜻하고요."

이름에 대한 질문을 받을 때마다 다소 많이 축약된 문장으로 대신 설명해 왔지만, 이 책을 통해 그간 아무 데서도 공개한 적이 없는, 길고 긴 분더비니의 이름 어원을 소개해 본다. 이 어원에 관한 이야기는 이 글을 읽고 있는 독자만이 알 수 있는 비밀 메시지 같은 거다.

'신곡에 메시지를 넣었어. 우리의 비밀 메시지를.'

<데스노트>의 미사가 된 기분으로 이 글을 썼다.

열심히 독일어를 공부했지만, 여러 사유로 인해 자연스럽게 유학 준비는 물거품이 됐다. 무거운 책가방을 메고 밤늦게까지 먼 길을 오가며 울면서 독일어를 배웠지만 독일어에 대한 기억은 모두 다 휘발됐다. 열심히 암기하고 외웠던 무수하

게 많았던 독일어 단어 중 기억에 남는 단어들이 뭐가 남아 있는지는 손가락으로 셀 수 있을 것 같다. 그래도 몇 개의 소중한 단어들이 남았다. 뮤지컬을 준비할 때 연주자들과 배우들이 함께 모여 다 같이 시연을 갖는 시간 시츠프로브가 실은 '앉아서 시연하다'라는 뜻을 가진 독일어라는 것도, 분더쇤(wunderschön)이라는 아주 멋진 형용사에 대해서도. 무엇보다 분더비니라는 소중한 이름이 내게 남았다.

거짓말...
그냥 쉔으로 쓰면 안 될까요?
쇤네같은데...
분더쇤... 아름답지 않아요
뭔가

외래어 표기법이 정해져 있어서요
쉔으로 쓰신것들은 제가 쇤으로 빠짐없이 바꿔뒀어요
넹...
당케쇤..

예쁘지는 않아도 나다운 내 모습!
충분히 너무 아름다워, 분더쉔!
쇤

에필로그

책을 쓰기로
결심한 뒤,

있잖아.
내가 출간을 하게 됐는데...
출판사 편집자님의
기강을 잡는 방법이 있다면?
너 어디
싸우러 가니?
기강을 왜 잡는데
※ 실제 대화를 바탕으로 하지 않았습니다.

나 너 얘기 써도 돼?
뭐? 나 배 아파서
뛰쳐 나간 거?
세상 사람들에게
내가 똥쟁이란 걸
소문낼 셈이야?
걱정 마...
세상 사람들이 다
이 책을 읽진 않을거야...
※ 실제 대화를 바탕으로 했습니다.

온 세상 사람들은 참 부지런한 것 같다. 어떻게 그렇게 부지런히 다들 연애도 하고, 직장도 다니고, 취미생활도 하고, 개도 키우고, 고양이도 키우고, 애도 돌보고… 그에 반해 내 삶은 너무 게으르기 그지없다. 내 몸뚱이를 하나 챙기는 것도 매번 힘들달까. 정성 따윈 찾아볼 수 없는 음식으로 겨우 배를 채우고, 머리를 말리는 일도 귀찮아 미역 줄기 같은 머리로 집을 나서고, 집에 돌아와서는 모든 에너지를 소진한 나머지 신발만 겨우 벗은 채 바닥에 그대로 한참을 누워있곤 했다.

그러던 2025년 3월 17일, 메일이 한 통 왔다.

안녕하세요 분더비니 님. 문학수첩 편집부 이인영이라고 합니다. 저희 문학수첩은 1991년 창립한 이래, '책으로 전하는 사랑'이라는 모토로 우리 출판문화를 선도해 온 종합출판사입니다.

(중략)

이렇게 메일을 드린 이유는 다름이 아니라, 여러 매체로 나뉘어 쌓여온 분더비니 님의 콘텐츠들을 한 권의 책으로 엮어보실 의사가 있으실지 궁금해서입니다.

(중략)

뮤덕뿐 아니라 일반 독자층도 편하게 읽을 수 있는 그림 에세이를 만들어 보면 재밌을 것 같다는 생각이 들었습니다.

(중략)

해리포터 출판사에서 갑자기 뮤지컬 에세이가 왜 나오냐고 생각하실 수도 있지만, 결은 약간 다르지만 (중략) 그 밖에도 연극 아트북 등 계속해서 관련 도서들의 저변을 넓혀나갈 예정입니다. 과거와 달리 연극/뮤지컬의 향유층도 계속해서 넓어지고 있으니까요.

(중략)

그럼, 모쪼록 긍정적으로 검토해 주시기 바랍니다.
날이 갑자기 또 추워졌는데, 건강 조심하시고 오늘도 평안한 하루 보내셔요! :)

나는 잠시 멈춰 생각했다. 예상치 못한 단어들이 곳곳에서 튀어나오는 메일이긴 했지만, 요점은 하나였다. 분더비니의 책을 만들고 싶다는 것. 한때는 시인이 되고 싶었고, 또 한때는 문예창작과에 진학하고 싶었다. 시나 희곡을 쓰는 사람이 되고 싶었기 때문이었다. 그러니 당연히 책을 쓰는 일에도 욕심이 있었다. 손에 물성이 잡히지 않는 디지털 세상에서 콘텐츠를 만들고 있던 터라 더더욱 그랬던 것 같다. 그동안 쓰고 그려왔던 활자와 그림들을 하나로 모아 물성을 가진 무언가로 만들고 싶었지만, 그런 나의 욕망과 달리 진득하게 책을 짓는 일에는 매번 오랜 정성을 들이지 못했다.

'굳이 출판사를 통해 만들지 않고, 나 혼자서도 충분히 책을 만들 수 있지 않을까?' 하는 고민이 잠깐 들긴 했지만, '책을 만들겠다'라고 생각만 하고, 움직인 적 없던 사람은 나였다. 시인, 작가, 극작가가 되고 싶었으면서도 한 번도 얇은 책 한 권 만들어 보지 못했던 내가 과연 정말 책을 낼 수 있을까 생각하니 눈앞이 흐려졌다. 나는 글을 쓰라고 독촉하고, 나무라고, 격려해 줄 사람이 필요했다. 일주일간의 고민 끝에 편집자님께 회신을 보냈다.

안녕하세요, 분더비니입니다.

먼저 저의 콘텐츠를 다양하게 즐겨봐 주시고 소중한 제안 건네주셔서 감사합니다. 콘텐츠 외적으로 글밥이 많은 에세이나 물성이 남는 작업을 늘 차일피일 미루고 있던 터라… (ㅋㅋ) 저 역시도 이번 협업을 통해 재밌고, 즐거운 작업이 될 수 있을 것 같아 긍정적인 마음으로 회신드립니다.

말씀해 주신 예시 외에도 뮤지컬 에세이 기반의 범주 안에서 다양한 기획이나 방향성을 논의해 보면 좋을 것 같아요. 가능하다면 미팅 통해서 인사 뵙고 얘기 나눠도 좋을 것 같습니다. 저는 평일 낮 시간대라면 대부분 조율 가능할 것 같아요. 원활한 커뮤니케이션을 위해서 연락처도 남겨둡니다. 편하게 연락주세요 :)

그렇게 메일을 주고받은 뒤, 우리는 합정역 근처의 작은 카페에서 만나기로 했다. 카페에 들어서자마자 어깨 정도 길이의 장발을 한 남자가 나를 보며 말했다.

"작가님?"

나는 적잖이 놀라 되물었다.

"편집자님이세요?"

나는 빠르게 눈알을 굴린 뒤 '안녕하세요'라는 말을 뒤늦게 덧붙였다. 주변에 '인영'이라는 이름을 가진 이들이 모두 여자였기 때문에, 나도 모르게 편집자님도 여성일 거라 지레짐작했던 탓이었다. 더운 몸을 식히기 위해 아이스 라테를 시키고 쭈뼛쭈뼛 자리에 앉았다.

"제가 신성록 배우를 좋아하거든요."

편집자님이 먼저 입을 뗐다. 그는 신성록 배우의 팬이었고, 여러 뮤지컬 계정을 보다가 분더비니 계정을 발견했고, 뮤지컬과 관련된 이야기를 책으로 담아보고 싶다는 생각을 하게 되었다고 했다. 그렇다, 그는 덕후의 냄새를 맡은 덕후였던 것이다.

"만약 출간하게 된다면, 어느 정도 일정으로 생각하고 계세요?"

편집자님이 물었다.

"보통 어느 정도로 걸리나요?"

대답 대신 내가 또 되물었다.

"평균이랄 것이 없고, 작가님마다 달라요. 집필하는 데 보통 1년 이상 걸리죠. 2년 이상 걸리는 경우가 있기도 하고요."

나는 호기롭게 말했다.

"저는 빨리 해보고 싶어요."

쇠뿔도 단김에 뽑고 싶은 기분이었다. 평생의 과업이었던 책 만들기를 빠르게 해내고 싶은 호기로움이 갑자기 치솟았다.

집필 작업은 구글 독스를 통해 이루어졌다. 글감이 떠오르는 밤이면 두서없이 글을 마구 썼다가, 아침이 되면 또다시 글을 지웠다. 화면에는 껌뻑이는 커서와 화면에 비친 부릅뜬 내 두 눈만 보였다. 구글 독스는 동시 접속자가 있으면, 상단에 '오소리'나 '코끼리' 같은 익명의 동물 아이콘이 생긴다. 하지만 글을 쓸 때마다 내 글을 보러 오는 익명의 동물과 마주한 적은 없었다. 나는 내가 쓴 글을 편집자님이 과연 읽고 있고 계신 건지는 도통 알 수가 없었다.

편집자님이 나를 열심히 독촉하고, 나무라고, 격려해 줄 거라고 예상했지만, 그는 전혀 독촉하지 않았다. 오히려 느긋했다. 그래서 나는 혼자 걱정했다. 몇 안 되는 나의 원고를 읽고 책을 만들고 싶은 마음이 아예 사라져 버린 건 아닐까. 아니면 혹시 무슨 일이 생기신 건 아닐까 싶은 생각도 잠깐 했다. 하지만 여름에는 <서울국제도서전> 같은 굵직한 행사들이 있고, 나 말고도 먼저 계약된 다른 책들을 편집하느라 바쁘실 거라 애써 걱정을 지웠다. 대신 이따금 신성록 배우를 볼 때마다 편집자님이 생각났다.

처음 카페에서 대화를 나눴던 3월 이후, 봄이 가고 여름이 지나고, 여름이 또 슬슬 가을로 접어들었다. 가끔 글을 쓰긴 했지만, 늘 우선순위에서 밀려나 꾸준히 글을 쓰기가 힘들었다. 편집자님이 나를 찾지 않는 만큼, 나도 탈고를 미뤄도 되지 않을까 싶은 생각을 잠깐 했던 것 같다.

'올해 연말에 출간을 한다고? 너 절대 그렇겐 안 될걸?'

유일하게 책 출간 소식을 알고 있던 선배는 나의 목표 일정을 듣고는 고개를 저었다. 출판은 미루고, 독촉하고, 미루고, 독촉하다가 결국 미뤄지는 거라고 했다. 선배의 말을 핑계 삼아 게으름을 피우고 있던 어느 날, 신성록 배우의 첫 단독콘서트 소식이 들렸다. 편집자님은 과연 신성록 배우의 콘서트를 보러 가실까 궁금했다. 그리고 때마침 편집자님에게서 간만에 메일이 왔다.

안녕하세요, 작가님! 문학수첩 이인영입니다.

오랜만에 메일 드립니다. 별일 없이 잘 지내셨지요?

(중략)

슬슬 목차를 확정하고, 초교+디자인 시안 진행 및 남은 원고 탈고가 끝나면 딱 좋아질 타이밍 같은데 어떻게 생각하실까요! :)

전 작가님을 믿습니다…

그럼 오매불망 회신만 기다리고 있겠습니다. 종이책까지 노 저으셔야죠! 일하셔ㅇ…

– 톡님 단콘과 분더비니 작가님 탈고만을 오매불망 기다리는 편집자로부터…

협업하는 관계에서 누군가 '나를 믿는다'는 문장을 본 건 실로 오랜만이었다. 그것도 볼드체로, 그것도 아주 큰 포인트로 강조하면서 사용한 경우는 더더욱. 나의 탈고를 본인의 본진 단독 콘서트만큼이나 '오매불망' 기다린다는 표현도. 메일을 읽고 갑자기 발등에 불이 떨어진 나는, 뒤늦게 글을 마저 쓰기 위해 바삐 노트북을 열었다. 아직 쓰고 싶은 것들이 많은데, 이를 어쩐담? 갑자기 생겨난 마감의 부담감이 마른하늘의 날벼락처럼 내려쳤다. 으악! 편집자님의 메일을 받은 뒤, 편집자님을 향해 왜 그동안 독촉하고, 호통하고, 격려하지 않으셨냐고 투정을 부리는 대신, 아직 다 쓰지 못한 원고를 급하게 쓰고, 또 썼다.

편집자님!!!
그럼 편집자 님의
위대한 본진 님도
같이 그려볼게요!
신성록
오! 좋아요!
좋습니다!

그리고 몇 분 뒤...

그분을 그 캐릭터로
그리지 않고는 도무지...
도저히 그릴 수가 없어...

포기야.. 포기

본진 님 그림은
안 되겠어요...

아무리 그려도
그 맛이 안 살어요...

신성록

괜찮아요...
저 작권
조심해야져...

공연 보는 일이 취미였고, 공연 보는 게 놀이였고, 공연 보는 게 일이 됐다. 공연을 본 뒤 그림을 그리는 이 일은 2021년 9월부터 큰 휴식 없이 꾸준히 해오고 있다. 매일매일 콘텐츠를 올렸는데도, 아직도 여전히 올리고 싶은 소재와 이야기가 끊이지 않는다. 뭐든 쉽게 지치고 싫증을 내는 내가 이 일을 꾸준히 오래 해올 수 있었던 이유는, 내가 이 일을 잘하고 싶은 욕망이 전혀 없기 때문이다.

마음에 들지 않아도 발행 버튼을 누를 수 있었고, 원하는 퀄리티의 그림이 아니어도 미련 없이 마무리할 수 있었다. 누가 '이게 무슨 그림이냐?'라는 악플을 달아도 '그러게요, 이게 무슨 그림이냐?'라며 같이 깔깔댈 수 있었다. 그림은 원체 내가 잘하고 싶은 욕망이 없는 분야라, 아무렇지 않게 해내는 일이 오히려 쉬웠다. 거침없이 뚝딱 만들고 나면 '이 정도면 괜찮지' 하고 만족하는 편이었다.

그런데 이 책에 들어갈 글을 쓰는 내내 나의 모든 글은 죄다 똥처럼 느껴졌다. 부끄럽고 민망해 누구에게도 글을 꺼내 보여주기는커녕 글을 쓰고 있다고조차 말할 수가 없었다. 이 책을 준비하면서 딱 몇 명의 지인에게만 책 준비 사실을 알렸다. 그중 한 명은 앞서 언급했던 이미 책을 내본 적 있는 선배, 다른 한 명은 마라탕으로 공연 중 퇴장한 친구였다. 전자에게는 '출판사 계약 중 유의 사항'에 관해 묻느라 책 준비 사실을 고백했고, 후자에게는 '마라탕 먹다가 공연 놓친 이야기를 책에 담아도 되느냐'라고 허락받느라 글 쓰는 근황을 고백할 수밖에 없었다.

프랑스의 천재 시인 랭보는 일하기 싫은 마음에 베를렌느에게 편지를 쓴다.

'똥 처먹을 나! 똥 처먹을 나! 똥! 똥! 똥! 똥! 똥! 똥!'

나는 랭보가 된 기분으로 책상에 앉을 때마다 '똥! 똥! 똥!'을 외치며, 머리를 쥐어뜯으며 글을 썼다. 아기들은 똥을 잘 싸기만 해도 칭찬받는데, 내가 싼 똥은 왜 이리 초라하고, 볼품없고, 부족한 걸까 슬펐다.

책을 쓰면서, 좋아하는 마음이 큰 만큼 할 말이 많을 줄 알았다. 그런데 자꾸 실패하는 기분이 들었다. 초라하고 부끄러운 마음이 자꾸만 들어 여러 번 울고 싶었다.

울지 않으려고 좋아하는 작가들의 문장을 꺼내 읽었다. 그들의 믿을 수 없이 우아한 글들은 잠깐 읽는 것만으로도 좋아서 눈시울이 붉어졌다. 그래서 책장을 덮으면, 다시 더 큰 좌절이 밀려왔다. 세상에 이렇게 멋진 글을 쓰는 사람들이 많다니, 나는 정말 똥이야! 나는 여러 번 랭보의 마음을 이해하게 됐다.

잘하고 싶은 마음이 클수록 좌절하는 순간이 많다. 그렇다면 지금의 나는, 얼마나 멋진 책을 만들고 싶어서 이렇게나 시름시름 앓는 걸까. 잘하고 싶어서 눈물이 날 때마다 도망치듯 극장으로 갔다. 극장에서 절망과 슬픔, 고통 속에서도 미소 짓는 법을 배웠다. 그렇게 겨우 기운을 차리고 집에 돌아와 다시 글을 썼다. 그래도 다행인 건, 편집자님의 뒤늦은 독촉 때문에 눈물을 흘리는 일은 생각보다 많지 않았다는 거였다. 그가 만약 더 자주, 더 빨리 독촉했더라면, 아마 나는 더 많은 날을 고통 속에서 눈물을 흘렸을 테다. 덕분에 다행히 덜 울면서 덜 썼다.

뮤지컬 <고스트 베이커리>에는 <나 같은 사람>이라는 넘버가 있다. '나 같은 사람'을 누가 좋아하긴 할까 고민하는 겁 많고 수줍은 영수가 부르는 노래다. 글을 쓸 때마다 영수의 이 노래가 귓가에 맴돌았다. 나 같은 사람의 글을 누가 궁금해할까, 나 같은 사람의 글을 누가 봐줄까 싶은 걱정 어린 마음이 자주 샘솟았다.

그러면서도 남들이 원하는, 남들이 궁금해하는 이야기 대신 나만이 쓸 수 있는 이야기를 쓰고 싶은 욕심이 동시에 앞다투어 나를 괴롭혔다. 나를 드러내는 일이 두려우면서도 동시에 나를 드러내고 싶은 이상한 마음이었달까. 좋아하는 마음으로 시작한 글인 만큼, 기왕이면 좋아하는 마음만이 말할 수 있는 것들을 솔직하게 고백하고 싶었던 것 같다. 누군가에게 상처가 되지는 않을까, 말이 너무 뾰족하지는 않을까 망설이며 단어를 골랐다.

세상에서 가장 먼저 내 글을 읽은 편집자님은 이렇게 말했다.

'작가님 글이 똥똥똥이라면 24k 순금똥일거에요. 요새 금값이 얼마나 비싼데요.'

그의 말은 썩 큰 위로가 되지 않았지만, 그래도 한결 편안해진 마음으로 조금 웃었다. 잘 써보고 싶은 마음에 시작한 글이지만, 왠지 조금 아쉬운 기분으로 글을 닫는다. 하지만 무대가 시작하면 어떻게든 끝을 봐야 하는 것처럼 아쉬운 마음을 뒤로한 채 씩씩하게 마지막 장까지 달려왔다. 사계절도 영글지 않은 이 글이 어떤 모습으로 엮어질지 사실 조금은 자신이 없어 낯이 뜨거워진다. 그런데도, 그럼에도, 이 글의 어떤 장은 누군가에게 한 줄짜리의 기쁨이나 슬픔이 되었으면 좋겠다고 감히 바란다. 나를 웃게 하고, 울게 하고, 무너뜨렸다가도 다시 일어서게 했던 수많은 어느 순간들처럼.

기꺼이 이 책의 첫 독자 혹은 관객이 되어주신 모든 분들께 진심으로 고맙습니다.

맨 끝줄 어느 관객의
이야기를 마칩니다.
FIN.

맨 끝줄 관객

분더비니 뮤지컬 에세이

초판 1쇄 인쇄 2025년 12월 12일
초판 1쇄 발행 2025년 12월 26일

지은이 | 분더비니
발행인 | 강봉자, 김은경

펴낸곳 | (주)문학수첩
주소 | 경기도 파주시 회동길 503-1(문발동633-4) 출판문화단지
전화 | 031-955-9088(대표번호), 9536(편집부)
팩스 | 031-955-9066
등록 | 1991년 11월 27일 제16-482호

홈페이지 | www.moonhak.co.kr
블로그 | blog.naver.com/moonhak91
이메일 | moonhak@moonhak.co.kr

ISBN 979-11-7383-027-3 03810